Pilar Baumeister

Die Gedankenleserin

Eine fantastische Novelle

Herstellung und Verlag:
BoD – Books on Demand, Norderstedt

Umschlaggestaltung:
Angelika Acker

ISBN 978-3-7386-2854-8

Nicht in Russland, sondern in Spanien geboren, bin ich trotzdem eine Urenkelin von jenem Viktor Tuganov, dem Hauptcharakter aus dem Roman „Der Gedankenleser" von Gunter Gross. Ich kann auch Gedanken lesen. Nicht nur Männer können das.

Von Geburt an besaß ich diese Gabe, welche sowohl ein Privileg als auch eine Krankheit ist... denn oft hat mich dieses ständige Lesen der Gedanken anderer am eigenen Denken gehindert. Man kann nur eines: entweder lesen und sich durch die Vertiefung in fremde Gedanken ablenken, oder selbst denken. Beide Leistungen gleichzeitig zu vollbringen ist schwer, nur hin und wieder schaffe ich es.

Esperanza de Espina, die Frau meines Bruders, hat mein Geburtstagsgeschenk ausgepackt. Drei schöne Unterröcke, die ich gestern besorgte, rosa, grün und blau.

Sie denkt: *„Billiges Zeug! Es war bestimmt ein Sonderangebot. Natalia kauft immer in billigen Läden und ist darauf bedacht, wenig Geld auszugeben. Sie ist die geizigste der ganzen Familie."*

Ihre Stimme klingt gekünstelt und angestrengt, während sie sagt: „Vielen Dank. Es sind sehr schöne Farben. Unterröcke habe ich gern, obwohl sie heutzutage kaum gefragt sind."

„Natalia weiß ganz genau, dass ich immer nur Hosen trage. Es ist kein richtiges Geschenk, es ist nur Platz füllend und eine überflüssige Last für meine Garderobe, ich werde sie weiter verschenken müssen. Sie hat es absichtlich getan, um mich zu ärgern, oder weil sie selbst von so etwas schwärmt. Sie ist so altmodisch und kitschig wie meine Schwiegereltern oder die Tante Eugenia."

„Es freut mich, dass es dir gefällt", sage ich schnell und nervös.

Mein Gedanke fliegt wie ein Pfeil, noch rasender als meine Worte: *„Warum habe ich mir so viele Mühen gemacht? Sie ist sowieso undankbar."*

Am besten kann ich natürlich die Gedanken lesen, die sich direkt auf mich beziehen; aber manchmal auch andere, wo ich die Zusammenhänge kaum kenne. Sie platzen unvermittelt in mich hinein und ich kann sie nur sammeln, ohne ganz genau zu wissen, worum es geht. Dann bin ich wie eine halbe Analphabetin, die gerade angefangen hat, Buchstaben zu lernen. Im Grunde ist das Schriftbild schon da, aber die Bedeutungen sind verschwommen. Solche Gedanken, die mich nicht einschließen und auf Dritte gerichtet sind, übergehe ich meistens und konzentriere mich lieber auf die anderen, die ich besser verstehen kann, in denen ich ausdrücklich genannt werde: Natalia, Natalia Espina. Vielleicht kann ich daraus einen Gewinn ziehen und mehr Klarheit über meine Beziehung zu den Mitmenschen bekommen. Gewinn? Verlust? Wer weiß, was ich davon haben werde?

Die Gedanken ohne direkten Bezug zu mir gehen mich wenig an und deshalb verzichte ich auf so viel Lektüre. Ja, sparsam sein... Ich muss sparsam sein, nicht nur mit dem Geld, sondern auch mit meiner Aufmerksamkeit. Ich kann doch nicht alles erfassen wie Gott. Gewiss, ich kriegte ja nur Kopfschmerzen, wenn ich alles aufnehmen wollte. Das geschieht mir immer, wenn ich zu neugierig bin und in fremden Konstellationen flüchtig mitzulesen versuche.

Da keiner weiß, dass ich Gedanken lesen kann, hat mir keiner ein Rezept im Leben gegeben, wie ich mich gedanklich pflegen könnte, damit ich mich nicht zu sehr belaste. Aber ich kenne meine eigenen Grenzen und merke schon, wann mir alles zu viel wird. Gedanken sind wie Rauschgift; man muss sie dämpfen, vorsichtig dosieren. Man stirbt sonst daran.

Doch manchmal ist es sehr schwierig zu wissen, wo genau die Gedanken an mich oder an die anderen beginnen. So wie jetzt, da Esperanza an mich und gleichzeitig an Tante Eugenia gedacht hat. Die Gedanken überkreuzen sich, springen, laufen in die verschiedensten Richtungen, und ich habe keine innere Stimme, die mir sagt: „Das ist für dich. Lies das und lass das Übrige sein." Ich sehe mich gezwungen, die ganze Lektüre zu verfolgen, sonst verpasse ich meine eigene Zeile, in der mein Name gerufen wird.

Ein schüchterner Vorschlag kommt dann von mir: „Vielleicht könntest du sie anprobieren. Ich hoffe, ich habe die richtige Größe gekauft."

„Natürlich hast du. Du hast immer ein sehr gutes Auge für meine Figur."

Schneidende, unausgesprochene Gedanken schwimmen weiter im dunklen Gewässer von Esperanzas Ärger: *„Alle haben mir das Falsche geschenkt. Geburtstage sind wirklich lästig. Ich muss mir überlegen, wie ich die ganzen Sachen los werde. Genau so schlimm wie die Unterröcke sind die Handtasche, die mir Elena geschenkt hat, und die Tischdecke meiner Schwiegermutter. Die passt nicht einmal zu unserem Tisch, viel zu klein. Sie hat sie bestimmt bereits für jemand anderen gekauft, der plötzlich starb, verreiste oder sich mit ihr zankte... und jetzt hat sie sie aus ihrer Rumpelkammer geholt."*

Manchmal habe ich großen Spaß, ganz viel zu lesen; ich kann es mir nicht verkneifen, auch wenn ich später Kopfschmerzen bekomme und müde davon bin, so viel zu wissen. Dafür lese ich kaum Bücher. Die Gedanken der mich umgebenden Menschen reichen mir schon. Es ist ungeheuer spannend, dass die Menschen, wenigstens für mich, so transparent und ohne Geheimnisse sind!

Ich möchte meine Schwägerin ein bisschen auf den Arm nehmen und mich über sie lustig machen. Manchmal reizt es mich, gerade den Gedanken, die nicht laut expliziert werden, im Voraus zu widersprechen, was die Denkenden verunsichert und verwundert. Sie fühlen sich dabei ertappt und entblößt – so wie jetzt zum Beispiel Esperanza... Ich sage boshaft zu ihr: „Die Handtasche, die Elena dir geschenkt hat, finde ich besonders schön. Meinst du nicht auch? Man merkt, dass sie Malerin und Fotografin ist, dass sie viel von Ästhetik versteht."

„Ja, meine Freundin ist eine sehr gute Fotografin und Malerin. Trotzdem... um die Wahrheit zu sagen... eine Handtasche ist sehr persönlich, wie Parfüm. Ich suche mir lieber alles aus, was ich trage,."

Auch die Leute, die keine Gedanken lesen können, haben manchmal eine Ahnung über die Absichten der anderen, und sie hat meine Ironie durchschaut. Jetzt hat sie ihr Missfallen angedeutet, aus Rache, weil ich sie überlisten wollte. Sie hat mir gedanklich und mündlich eine Abfuhr erteilt. Zu persönliche Geschenke wie mein eigenes seien nicht das Richtige.

Wer weiß? Vielleicht kann sie auch Gedanken lesen und meine ist keine einmalige Begabung... Aber nein, dann hätte ich das schon in ihren Gedanken gesehen. Dann hätten wir überhaupt nicht mehr miteinander gesprochen, weil die Gedanken allein schon alles gesagt hätten. Wenn andere meine Begabung hätten, dann würde die allgemeine Telepathie den Tod der Sprache bedeuten. Diese wäre dann überflüssig; die Sprache ist nur eine Form von verhinderter Telepathie.

Nein, nein, keine Angst! Ich bin die einzige, die das Glück oder das Unglück hat, dieses faszinierende Spiel zwischen den Gedanken und der Sprache zu beobachten, zu beklagen und zu genießen. Ich lese und höre beides... Mal ergänzen sie einander, die Sprache als Nachhall des Inneren... mal sind sie total gegensätzlich, bestrafen sich gegenseitig wie ein unaufhörliches Paradoxon. Das ist leider bei den meisten Gesprächen der Fall, denn das Wort „Ehrlichkeit" ist nur eine Floskel.

Esperanza benutzt auch diese Floskel: „Du weißt, wie ehrlich ich bin. Die Handtasche gefällt mir nicht so gut wie die Unterröcke und die Tischdecke."

„Ja, die Tischdecke ist auch sehr schön."

Ein Gedankenpfeil von mir als unhörbare Antwort zischt durch die Luft: *„Es gibt Macht-Menschen, die sich selbst alles aussuchen wollen, sie sind sonst unzufrieden. Du gehörst zu dieser Kategorie, Schwägerin."*

Werden wir bald aufhören, über die Geschenke zu reden? Ich wäre erleichtert. Das Thema fängt schon an mich zu langweilen, denn ich habe bereits oft ähnliche Gedanken im Kopf Esperanzas beobachten können. Nach so vielen Jahren von erlebten Geburtstagen, Weihnachten und ähnlichen Anlässen, bei denen Geschenke gegeben werden, wiederholen sich zwangsweise die Gedanken der Menschen, und so lässt mein Interesse nach. Als Kind konnte ich noch etwas Originelles darin finden, aber jetzt, da ich schon 47 Jahre alt bin und ewig am Tisch der Wiederholungen sitze, haben sich meine Rezeption und meine Lektüre gewissermaßen automatisiert.

Esperanza dachte ungefähr das gleiche, als sie vor 20 Jahren an ihrem Hochzeitstag die Geschenke auspackte. Ich auch... Ich dachte ungefähr das gleiche wie jetzt: *„Sie ist undankbar."*

Es ist äußerst selten, dass ich einen ganz neuen Gedanken bei einem Menschen wahrnehme. Nur die Namen und die Umstände ändern sich. Bei neuen Bekannten kommen mir ihre Gedanken natürlich ungewohnter und erforschungswürdiger vor.

Der Grad der Bekanntschaft bestimmt die Geschwindigkeit und Schärfe meiner Lektüre. Bei schon chronischen, vertrauten Kontakten lese ich viel weniger, sehr oberflächlich und kaum mit Interesse.

Schon als junges Mädchen hatte Esperanza damals gedacht: *„Ich will nicht zu negativ urteilen, das macht mich nur krank. Aber an ihren Geschenken sehe ich, wie wenig ich geliebt werde."*

Ach, aus meiner heutigen Sicht ist die ständige Wiederkehr mancher fixer Ideen bei den Menschen einfallslos und langweilig. Esperanza würde sich auch gerne gedanklich verbessern, säubern, erheben, genauso wie ich wenigstens ein paar gute und schöne Fantasien ausbreiten können. Leider wissen wir nicht wie.

„Meine geizige Schwägerin, die Schwiegereltern und die Tante Eugenia sind immer wie ein großer Schatten in meinem Leben gewesen. Tante Eugenia hat mir nicht einmal ein Geschenk mitgebracht."

In der Stille antwortet mein Gedanke schroff auf ihren Gedanken: *„Sei nicht so streng zu ihr. Sie ist eine arme Rentnerin und hat kaum Geld. Und ich bin nicht so geizig, wie du denkst. Ich habe viel mehr Geld für dich ausgegeben, als du es je für mich getan hast. Weißt du noch das schöne, blaue Kostüm im vorigen Jahr? Aber du hältst alles für schlecht, was von mir kommt, egal wie hart ich mich anstrenge. Merkwürdig ist es, dass wir nie Krach miteinander haben. Äußerlich sind wir gute Freundinnen. Doch wahrscheinlich bist du müde davon, dass du meine Gedanken nicht lesen kannst und dich* *nur mit meiner Sprache begnügen musst. Ich dagegen kann dich hinters Licht führen, ich bin im Vorteil."*

„Was haben dir mein Bruder und mein Neffe geschenkt, Esperanza?"

„Pullovers... sechs Stück. Ich werde in meinem ganzen Leben nicht mehr frieren."

„Das ist schön. Und deine Schwester?"

„Sie hat mir ein Fotoalbum gegeben."

„Ja, man weiß nicht mehr, was man kaufen soll."

Mein Sprechen wird von meinen Gedanken unterbrochen: *„Das Komische ist, dass nur Esperanzas Geburtstag gefeiert wird und keiner sonst. Wir zerbrechen uns jedes Jahr den Kopf über ihre Geschenke. Und was ist der Lohn dafür? Aber in einem hat sie Recht: Es gibt gewisse Gestalten in unserer Existenz, die uns mit düsteren Schatten bedrohen, die, versteckt aber latent, entwicklungshemmend und gefahrvoll für uns sind. In deinem Fall sind wir es; bei mir sind es andere... Meine Stieftochter zum Beispiel."*

Aufgepasst! Ich habe zu viel gegrübelt und zu wenig in ihren Gedanken gelesen. *„Woran denkt Esperanza jetzt?"*

„Die Tante Eugenia ist senil geworden. Man sollte ihr nicht mehr erlauben, so viel in der Küche zu helfen. Eben habe ich mich regelrecht vor ihr geekelt, wie unsauber sie ist und wie sie alles anfasst. Und wenn sie Kaffee kocht und serviert, vermischt sie ihn mit dieser widerlichen Milch, immer zu viel Milch... und ich weiß nicht womit noch... mit Medikamenten, mit ihrer Schminke oder mit ihrem Kölnischwasser. Auf jeden Fall schmeckt ihr Kaffee eigenartig. Ich habe mich noch nie getraut, meine Gedanken laut zu äußern, aber ich habe wirklich den Verdacht... Ich glaube, sie will mich vergiften. Ich bekomme immer Magenschmerzen, wenn ich ihren Kaffee trinke."

„Um Gottes willen, Esperanza! Das ist doch ein ganz schlimmer Gedanke, und ziemlich neu. Das hatte ich bei dir noch nie beobachtet. Na ja, vor zwei Jahren zu Silvester, hast du auch schon einmal gedacht: ‚Tante Eugenia hat mir womöglich Reste aus ihrem Teller in meine Suppe geschüttet.' Aber mit so einer Intensität hast du es noch nie gedacht. Und dann so weit zu gehen, über eine gezielte ‚Vergiftung' nachzudenken! Die arme Frau! Wenn sie nur wüsste, was du von ihr vermutest! Sie liebt uns alle, will nur ihre Mutterrolle spielen und sich dabei ein wenig zur Schau stellen. Sie würde keinem etwas zuleide tun. Ich lese auch ihre Gedanken, während sie Kaffee kocht und serviert. Sie denkt nur über vergangene Zeiten, über ihren verstorbenen Mann nach, und hat immer Angst, dass uns etwas Schlechtes passieren könnte. An ‚Vergiftung' hat sie nie gedacht. Sie mag dich eher und hat großen Respekt vor dir, weil du ein Macht-Mensch bist. Es ist sehr ungerecht, wie du sie verdächtigst. Aber ich kann nichts sagen, ich kann sie gar nicht verteidigen, denn du darfst nicht wissen, dass ich in deinen Gedanken gelesen habe. Es gibt sowieso furchtbare Dinge, die man am besten gar nicht ausspricht."

Sie denkt: „Vielleicht macht sie es nicht absichtlich, mich vergiften, nur weil sie zerstreut, ungeschickt und nicht richtig im Kopf ist. Und sie will mir Gutes tun, indem sie mir etwas von ihren Tabletten gibt. Aber ich bin allergisch gegen viele Substanzen und es bekommt mir nicht. Auf jeden Fall werde ich keinen Tropfen mehr von ihrem Kaffee trinken, das schwöre ich. Dieses war das letzte Mal."

„Ach, schmutzige Einfälle! Es gibt soviel Böses in der Luft, man kann kaum noch atmen! Mir brennen die Lunge und das Herz von dem Gift deiner Gedanken. Meines ist ein trauriges Schicksal, immer die Gedanken der Menschen lesen zu müssen und nichts dagegen tun zu können. Ich kann dich nicht vom Gegenteil überzeugen. Meine Schwägerin, du enttäuschst mich immer mehr! Dieser so schwerwiegende Gedanke gegen die arme alte Frau wird unsere Beziehung noch stärker belasten. Die war sowieso nie besonders gut."

„Ich hoffe, dass dein Geburtstag gut verlaufen ist, Esperanza. Wie geht es dir heute?"

„Ziemlich schlecht. Ich habe Magenschmerzen."

„Das kommt wahrscheinlich von deiner Magenoperation im Herbst. Es ist nicht so lange her und..."

„Es kann sein. Ich weiß es nicht."

„Vielleicht solltest du lieber Tee statt Kaffee trinken."

„Ja. Und auf jeden Fall... Tee, den ich mir selbst koche."

Jetzt hat sie es halb ausgesprochen, den furchtbaren, unaussprechlichen Verdacht. Ich gehe nicht näher darauf ein, ersticke meine Erwiderung und meinen Widerwillen.

„Wie kann man eine Schwägerin lieben, die an Vergiftung glaubt? Bisher konnte ich trotz ihrer Angriffe über meinen Geiz und meinen Charakter noch eine gewisse Sympathie für sie empfinden, aber jetzt..."

„Vielleicht war auch im Gläschen Cherry etwas drin; es hatte einen komischen Beigeschmack."

Das sagt sie natürlich nicht, sie denkt es nur.

„Ich verachte dich, Esperanza. Deine Gedanken sind wie eine Missbildung, deformiert, heruntergekommen. Es tut mir sehr weh, in dich hinein zu sehen. Von dieser Stunde an würde ich am liebsten meine Gabe des Gedankenlesens für immer begraben und auch alles vergessen, was ich bisher gelesen habe."

Mein Bruder Antonio, sein Sohn Luis und mein Mann sind eben hereingekommen. Sie haben zusammen ein Gläschen Cognac getrunken, und jetzt sprechen sie über Fußball. Sie sprechen, denken natürlich auch. Aber ihre Gedanken sind langsamer, weniger ausgiebig, weniger ereignisreich, aggressiv und schneidend als Esperanzas. Männergedanken zu lesen erfordert vielleicht weniger an Konzentration. Oder ist es lediglich ein Vorurteil von mir?

Der junge Luis denkt nicht viel anders als das, was er sagt: „Verdammt! Pedro hat heute schlecht gespielt. Er ist alt geworden und schadet nur der Mannschaft; er sollte sich wirklich pensionieren lassen."

Antonio denkt: *„Sie war nicht besonders erfreut über die Pullover, die Luis und ich für sie gekauft haben. Man weiß nicht mehr, was man ihr schenken soll."*

Javier denkt über mich, über seine ständige, unverwechselbare Ehefrau: *„Meine Frau duftet wieder nach Pfeilchen und Pfirsich... Es kommt wahrscheinlich von ihrer Creme oder ihrem Körperspray. Ich war ja immer äußerst sensibel für Gerüche, und ich finde sie immer wohlduftend wie* *eine Blume. Tatsächlich, ihr Geruch ist besser als ihr Aussehen. Esperanza dagegen riecht nach Zwiebeln, nach verbrannten Kartoffeln, obwohl sie eine so tolle Figur hat."*

„Du hast Recht, sie riecht nach Zwiebeln. Wie peinlich für sie, wenn sie wüsste, was wir über sie denken! Aber sehr schmeichelhaft mir gegenüber bist du auch nicht, Javier. Was gefällt dir denn nicht an meinem Aussehen? Ich weiß, ich war dir immer zu klein, unbedeutend und still, ich bin zu wenig für die sinnlichen Freuden gemacht. Es ist wahr, dass ich mich nur äußerst selten über etwas freuen kann. Das kommt davon, wenn... wenn man so viel liest... und deshalb rede ich auch so wenig, weil ich ständig damit beschäftigt bin, auf die Gedanken der anderen zu horchen. Aber es ist schon gut, dass mein Duft wenigstens... und dass du mich immer noch so präsent in deinen Gedanken hast. Wohlbemerkt, es ist nicht mein ausschließlicher Verdienst, du denkst an mich, weil du meistens an Frauen denkst, es ist ein Bestandteil deiner Natur, dein Lieblingsgegenstand, genau so wie andere nur von Kinderproblemen, Geldsorgen, Arbeitsbesessenheiten oder religiösen Konflikten gefesselt sind. Oft hat es mich irritiert und mürbe gemacht, gerade diese halb sexuelle, halb geistige Überdimensionierung der Frau in deinen Gedanken. Schon als wir uns kennen lernten, dachtest du abwechselnd an drei verschiedene Frauen, und dann an mich. Mit der Zeit habe ich mich an deine gedankliche Untreue und deine ekstatische Viergleisigkeit gewöhnen müssen. Du kannst nichts dafür. Wir Frauen ziehen dich an."

Mein Bruder sagt: „Mutter und Tante Eugenia wollen wissen, ob wir noch zum Abendessen bleiben können, Esperanza."

„Nein, ich habe Magenschmerzen."

Antonio sagt zu seinem Sohn: „Nein, es war kein gutes Spiel, Luis, der Unparteische hat sich eindeutig verkauft. Warum hat er unser Tor für ungültig erklärt und nur bei uns Fehler gefunden?"

Mein Mann denkt: *„Gestern habe ich Rosanna geküsst. Sie findet mich noch attraktiv ... Sie ist die Frau eines Rechtsanwalts und hat Angst vor seinen Eifersuchtsszenen,* *vor seiner Strenge und Schlauheit. Aber sie wäre wirklich nicht abgeneigt."*

Esperanza denkt, aber ihr Gehirn schreit fast den Gedanken: *„In drei oder vier Tagen würden mich diese Hexen ermorden. Ich muss schnellstens hier weg. Was war in dem Kaffee? Das Dumme ist, dass ich keinem von meinem Verdacht erzählen kann."*

„Ich sehe Rosanna schon ganz nackt in der Badewanne..."

„Hör auf, Javier! Hör auf, an diese Person zu denken! Ich könnte vor alter Wut und Enttäuschung umkommen. Ich habe es satt, mit der Leier deiner Gedanken zu leben. Liebst du mich denn nicht? Du behauptest immer ‚ja'. Doch Denken und Sagen sind oft sehr verschieden."

Antonio denkt in plötzlicher Freude: *„Zu meiner Überraschung bin ich heute auf der Arbeit massiv gelobt worden. Der Chef hat in seiner Jubiläumsrede meine Leistungen besonders unterstrichen. Das muss ich Esperanza oder meiner Schwester noch erzählen. Beide lassen sich besonders davon beeindrucken, weil sie auch in Büros arbeiten und wissen, wie schwer es ist, ein Lobwort zu ergattern."*

„Ach, Antonio! Was hat man vom Lob? Sie sollten dir lieber mehr Geld geben, aber ich werde es dir natürlich nicht sagen. Meine Schwägerin stinkt tatsächlich nach Zwiebeln. Ich könnte mich übergeben, auch wegen ihrer bösen Gedanken. Als sie ein junges Mädchen war, war sie naiv, selbstsüchtig, aber ohne hässliche und üble Vorstellungen. Damals dachte sie an den Geschlechtsakt, an Babys, Sprachkurse und an wichtige Auto- oder Wohnungsschlüssel, die sie in ihrer Zerstreutheit verlegt hatte. Aber jetzt denkt sie nur an ‚Vergiftung'. Die hat zu viele Krimis gelesen, ist wahrscheinlich nicht ganz richtig im Kopf. Warum diese negative Verwandlung? Warum verlieren die Gedanken der Menschen an Frische, wie die Körper die Jugend, und entwickeln sich so unvorteilhaft zu dumpfen, lichtlosen Bewachungsmaschinen voller Misstrauen?"

„Es ist ärgerlich, dass ihr Mann, der Rechtsanwalt, uns immer verfolgt. Ich wünschte, er wäre krank oder würde auf längere Zeit verreisen. Heute Abend geht Luis ins Kino mit seiner Freundin. Vielleicht komme ich auch mit. Ich mag Amelia,

diese junge Frau, die immer so fleißig studiert und das Leben so ernst nimmt. Vielleicht darf ich während des Films kurz ihre Hand in meiner halten. Luis hat immer kalte Hände und sie auch, deshalb braucht sie meine Wärme."

„Liebst du mich überhaupt? Oder liebst du mich nicht?"

„Amelia und Natalia sind sich ziemlich ähnlich. Aber meine Frau ist immer so passiv und still. Manchmal habe ich den Eindruck, als würde sie ein übersinnliches, von uns anderen nicht registriertes Fernsehen laufen lassen; sie schaut immer fern, während wir, die anderen, versuchen, noch ein bisschen zu leben."

„Ja, vielleicht sollte ich es dir endlich gestehen. Manchmal gerate ich in Versuchung, es dir zu erzählen. Schon damals, als wir uns kennen lernten, dachte ich sofort: ‚Als mein Lebenspartner wird er das früher oder später erfahren. Ihm werde ich doch das Geheimnis offenbaren können. Wem denn sonst? Und je erfolgreicher unsere Liebe wird, desto machbarer wird es sein, dass ich ihm meine Gabe enthülle.' Das waren Gedanken damals! Was heißt eine erfolgreiche Liebe?"

Ich erinnere mich plötzlich an zwei leitmotivische Szenen meiner Vergangenheit, denn alles wiederholt sich. Als ich klein war, wollte ich es meiner Mutter erzählen. Einmal hätte ich es beinahe getan. Aber dann las ich in den Gedanken meiner Mutter und schrak davor zurück.

Meine Mutter dachte damals folgendes: „Natalia ist wieder schlecht gelaunt. Ich kenne meine Tochter gut genug, um es zu fühlen. Bloß weil ich ihr widersprochen habe, läuft sie jetzt mit langem Gesicht herum und will nichts essen. Bloß, weil sie jemanden einladen will und ich nicht einverstanden bin... Bei all ihren Vorzügen - sie ist brav, fleißig in der Schule, erzählt keine Lügen und hilft ihrem kranken Bruder - hätte ich mir wirklich eine ganz andere Tochter gewünscht. Wenn ich alt bin, wird sie mich ins Altenheim stecken und mich nicht pflegen wollen."

Wie vernichtend! Ich weinte bitterlich.

Als ich ein Baby war, hielt sie mich in ihren Armen und dachte noch nur Gutes über mich. Aber daran kann ich mich ja kaum erinnern, denn als Baby konnte ich bestimmt noch keine Gedanken lesen.

Und einmal hätte ich es beinahe meinem damaligen Verlobten erzählt. Aber dann las ich in seinen Gedanken und schrak davor zurück.

Am Tag als Javier seine Liebeserklärung aussprach, war ich total glücklich, da ich simultan auch in seinen Gedanken lesen konnte, die mich so sehr wie seine Worte anzogen und mich verrückt machten vor Wonne. In diesem Fall kam es zu einer Verschmelzung zwischen dem, was er sagte und dem, was er dachte. Solche Momente sind selten, wenn ein Mensch so einheitlich, unverkürzt und alles übergreifend für sich steht und die Sprache so ehrlich und transparent wie ein akustischer Spiegel klingt: *„Ich liebe ihren Duft, den Laut ihrer Schritte, ihre Stimme und den Kontakt mit ihrer Haut. Auch meine Augen haben sich an ihre sanften Bewegungen und an ihr Lächeln gewöhnt. Sie hat die schönsten Zähne, die ich je gesehen habe. Wahrscheinlich hat sie als Kind keine Süßigkeiten gegessen. Ich begehre sie wahnsinnig. Ich möchte sie mit anderen Frauen vergleichen können, die ich körperlich kennen gelernt habe. Alicia und Josefina sind mir unwichtig geworden. Wie konnte ich mich so lange über sie quälen? Und meine erste Frau ist mir ebenfalls gänzlich gleichgültig.“*

Aber dann, nach einigen Tagen, während er sagte, dass er mich liebte, dachte er im Verborgenen: *„Ich sehne mich wieder nach Alicia.“*

„Wer ist diese Alicia? Du hattest gesagt, du wärest alleinstehend...“

„Natalia, meine neue Liebe, ist zu kalt und keusch. Sie will mir ihren Körper und ihr Herz nicht öffnen.“

„Wie könnte ich mich dir öffnen, wenn du nur an andere Frauen denkst?“

„Alte spanische Erziehung! Sie verweigert sich mir systematisch, sie will keinen Sex vor der Ehe haben. Ich dagegen halte unsere Nähe für einen dringenden Vertrauensbeweis.“

„Ist das die Lösung für all unsere Probleme? Es sei denn... es komme die große Zeit des Vertrauens und der Erfüllung unserer Liebesträume! Werde ich dann alle Frauenbilder von seinem Gehirn löschen können?"

Wir kamen uns zwar sehr nahe, und seine Gedanken beschäftigten sich immer mehr mit mir und riefen meinen Namen aus: „Natalia, Natalia!", wie ein Papagei, aber das war das einzige, was ich erreichte.

„Natalia glaubt, dass ich... Wenn Natalia wüsste... Das braucht Natalia nicht zu erfahren. Natalia und ich haben Arbeit und eine schöne Wohnung. Um ihr eine Freude zu machen, werde ich ein paar meiner Stunden für ihre Familie opfern. Die schöne Witwe Clara Sanchez hat sich gemeldet. Es tut mir Leid, dass sie keinen Mann mehr hat. Er war ein guter Freund von mir und sie verstand es sehr gut, ihn glücklich zu machen. Aber ich darf jetzt nicht an sie denken, Natalia wäre furchtbar eifersüchtig. Sie kontrolliert immer den genauen Stand meiner Wünsche und Bedürfnisse, scheint in mich einzudringen und zu fragen, ob ich noch etwas brauche. Das mag ich nicht, sie soll mich nur in Ruhe lassen..."

Die Frauenbilder ganz löschen konnte ich nicht, nicht die vergangenen und nicht die zukünftigen, die jetzt zur Gegenwart gehören wie Amelia oder Rosanna. Zur Zeit, nach so vielen Jahren spürt er kaum noch meine Kontrolle; er fühlt sich freier, deshalb denkt er noch intensiver an die anderen. Und der Natalia-Papagei plappert nur hin und wieder aus Gewohnheit und nicht mehr aus Angst meinem Namen nach.

„Hör mal, Javier, es macht mir Kummer, dass die Menschen immer weniger an mich denken; am Ende werde ich mich selbst ganz vergessen und nur noch eure Gedanken lesen. Eure Gedanken sind so interessant für mich, dass sie mir doch die beste Nahrung geben. Ich könnte auch auf meinen Namen und auf den Natalia-Papagei verzichten. Ja, ich entwickle nur Hunger nach euch, nach dem Fremden und dem, was außerhalb meiner selbst steht. Aber ist es nicht gefährlich? Werde ich da nicht plötzlich verhungern, denn es sind doch nicht die richtigen Speisen, immer nur eure Gedanken und kaum noch meine eigenen? Wirst du mich nicht eines Tages,

ganz unvermittelt, an deiner Seite tot vorfinden? Und wenn ich tot wäre, würde dann die Lektüre eurer Gedanken trotzdem für mich weitergehen?"

Mein Geheimnis musste bewahrt werden. Es hätte ja nur Streit gegeben, sie hätten mich sogar verflucht, weil ich ihnen so überlegen war und alles wusste.

Später hätte ich es gern meiner besten Freundin Cecilia erzählt und danach meiner Stieftochter Isabel. Bei meiner Freundin wäre es eine logische Bestätigung dafür gewesen, dass wir uns so gut verstanden und uns gedanklich harmonievoll ergänzen konnten. In Bezug auf Isabel war es eine ganz andere Motivation. Mich reizte der heimtückische Wunsch, ihr zu zeigen, dass ich jeden ihrer bösen Gedanken über mich erraten konnte. Aber es wäre auch eine zu verwickelte Angelegenheit gewesen. Meine Stieftochter hätte mich noch weniger gemocht, hätte ich es ihr aus Rache erzählt. Cecilia hätte es trotz unserer Freundschaft als peinlich und beschämend empfunden, denn kein Mensch kann es ertragen, innerlich ganz nackt vor einem anderen zu stehen.

Antonio sagt: „Mutter, wir gehen gleich. Wo bist du? Wir wollen euch Tschüss sagen ."

Jetzt sind die Mutter und Tante Eugenia auch hereingekommen. Wir sind zu siebt in dem Raum, in dem ich am Anfang nur mit Esperanza war. Ich registriere diese Veränderung der Anzahl mit einem beinahe erstickendem Gefühl von Vergewaltigung und Atemnot; es sind so viele gedankliche Strömungen in der Luft. Diese Vermischung von Gedanken, die aus verschiedenen Richtungen kommen, verwirrt mich, überfordert mich.

Alle mir wichtigen Menschen auf der Welt (mit Ausnahme von Cecilia, meinem Vater und meiner Stieftochter) befinden sich hier in diesem kleinen Raum, kollektiv eingruppiert, verdichtet, in dem 15 Quadratmeter langen Viereck unseres Wohnzimmers eingeschlossen.

„Mein Schwiegersohn humpelt auf dem rechten Bein. Wahrscheinlich hat er sich wieder zu kleine Schuhe gekauft. Er kann kaum laufen und hat immer Blasen an den Füßen.

Das kommt auch davon, dass er zu viel wiegt. Ich glaube, er hat noch etwas zugenommen. Armer Javier!"

„Ach, es ist ein Glück, dass ich nur die Gedanken der Anwesenden lesen kann! Es wäre mir zu viel, wenn ich noch die Gedanken der Menschen in Indien oder auf der ganzen Erde ertragen müsste. Auch im Ertragen gibt es eine Grenze. Gott hat mir bei dieser Begabung schon viel zugemutet, aber nicht das Unmögliche. Wenn sie alle den Raum verlassen, werde ich nicht mehr erfahren, was sie denken, und es ist gut so."

„Antonio und Esperanza sind ziemlich alt geworden und meine Tochter Natalia auch. Im Vergleich zu ihnen halte ich mich noch sehr jung."

„Hör auf, Mutter, immer über optische Dinge zu denken. Ich weiß, das Aussehen der Menschen hat dich immer übermäßig beschäftigt."

Mein Mann sagt: „Ich komme heute mit ins Kino, Luis, wenn es dich und Amelia nicht stört, natürlich."

„Warum sollte es uns stören? Du bist ja immer willkommen."

Tante Eugenia denkt melancholisch: „Nach soviel Bügeln und Nähen bin ich müde. Mein Sehvermögen ist nicht mehr so gut, wie es war."

Und sie sagt: „Warum geht ihr so früh? Möchtest du nichts mehr essen und trinken, Esperanza?"

„Nein, Tante Eugenia, danke. Meine Frau hat wieder Magenschmerzen."

Mehr als einen Gedanken pro Sekunde kann ich nicht registrieren, besonders wenn ich noch dabei die Sprache hören muss. Deshalb kann ich jetzt nur Antonios Worte vernehmen und kaum noch die übrigen Überlegungen der anderen Menschen im Raum. Gott sei Dank, bin ich - wie der Viktor Tuganov im Roman - verhindert, die Gedanken der Menschen zu lesen, sobald ich ihre Gestalten nicht sehen kann. Wenn sie sich umdrehen und mir den Rücken präsentieren, brauche ich gar nicht zu wissen, was in ihren Köpfen vor sich geht. Und genau so werde ich verschont, während ich mit Menschen telefoniere. Ich weiß nicht, woran sie denken. Das bedeutet mir eine große Erleichterung und ich würde oft nur den telefonischen oder den schriftlichen Umgang pflegen wollen. Dann würde ich mir diese ständige, anstrengende Lektüre des Inneren ersparen, der ich bei den körperlich Anwesenden völlig ausgeliefert bin.

Aber auch beim Telefonieren kann ich nicht ganz unvoreingenommen und unbelastet sein; das Telefon verrät mir ungefähr, was die Menschen denken, gerade weil ich ihre Gedanken schon so gut kenne. Ich kann sie erahnen, schlussfolgern, was fast so gut ist, wie diese zu lesen. An dem Rhythmus der Sprache, am Ton der Stimme erkenne ich schon jeden unausgesprochenen Gedanken. Mein Gedächtnis reagiert wie ein kluges Kind auf den Wechsel zwischen Sprechen und Denken in dem jeweiligen Horizont.

Wenn Antonio von den Magenschmerzen seiner Frau am Telefon spricht, denkt er gewiss: *„Hoffentlich hat sie keinen Krebs. Das beunruhigt mich schon.“*

Wenn Luis über Amelia sagt: „Sie hat den Film schon zwei Mal gesehen“, denkt er mit Stolz: *„Sie ist ein sehr gründliches, gewissenhaftes Mädchen; sie kann das gleiche Buch vier oder fünf Mal hintereinander lesen, um es richtig zu interpretieren. Hoffentlich gibt sie sich mit mir auch so viele Mühe.“*

Und wenn meine Mutter am Telefon sagt: „Ich kann dir den Pony schneiden, so brauchst du nicht zum Friseur zu gehen und das Geld unnötig ausgeben“, dann denkt sie: *„Natürlich habe ich sie viel lieber als meine Schwiegertochter, doch irgendetwas fehlt in unserer Beziehung. Sie sieht mir und ihrem Vater so unähnlich! Nichts von uns ist in ihr, als wäre sie aus einem Regentropfen entstanden und wir hätten sie bloß adoptiert. Wird sie mich irgendwann pflegen, wenn ich sehr alt und krank bin?“*

Aber meine Hypothesen sind vielleicht falsch. Ich kann mir über die Gedanken der Menschen nur dann hundertprozentig sicher sein, wenn ich sie persönlich treffe und ihren Augen begegne. Ich muss sie nicht ständig anschauen, nur flüchtig. Solange sie sichtbar sind, bleiben sie mir ein offenes Buch, und wenn sie mir den Rücken kehren, dann kann ich mich endlich erholen.

Antonio, Esperanza und Luis gehen. Ich sehe ihre Rücken und ich ruhe mich von ihren Gedanken aus, von so vielen... Über Arbeit, Geschenke, Gift, Amelia und so weiter.

Javier steht neben mir, mitten im Raum mit ausgestreckter Hand. Er schaut verloren und vereinsamt aus; er hat keinen Fußballansprechpartner mehr. Ich frage, teilweise überrascht, dass er noch da steht: „Wolltest du nicht mit Luis ins Kino gehen?"
„Ja, aber erst später. Wir haben uns für heute Abend um zehn verabredet. Du weißt, in einer Stunde ungefähr kommen Isabel und die Kinder, und ich muss auf sie warten. Sie hat am Telefon gesagt, dass sie heute kommen."
Meine Mutter hört uns nicht und es ist gut so, denn sie wird nur unruhig, wenn sie den Namen von Isabel hört. Ihre Gedanken kreisen immer um diese alten finanziellen und familiären Sachverhalte, die ich so gut kenne; schon seit 22 Jahren, seitdem ich mit Javier verheiratet bin. Und in den letzten Jahren haben sich ihre Sorgen noch intensiviert, seitdem er nicht mehr der Jüngste ist und begonnen hat, an Nierensteinen und Asthmaanfällen zu leiden: „Wenn ihm etwas passieren sollte, würde sie als Tochter einen Teil seines Vermögens erben. Du musst aufpassen und dich dagegen absichern, etwas unternehmen, damit sie nur ihren Pflichterbteil bekommt, aber nicht mehr. Man will nicht an das Schlimmste denken, aber stell dir vor, du wärest ganz alleine und müsstest alles mit ihr teilen, euer so schwer verdientes Geld, deine Wohnung, für die du so hart gekämpft hast. Alles muss unter deinem Namen laufen. Ein Testament müsst ihr machen. Ich weiß, ihr habt es schon getan, vor Jahren schon. Aber habt ihr damals die richtigen Infos bekommen? Ist das Testament unanfechtbar und auf dem letzten Stand? Ich habe eine Bekannte, die jedes Jahr ein neues Testament macht, um keine Risiken einzugehen. Dabei hat Isabel nie Kontakt mit ihrem Vater gehabt, nur jetzt in den letzten drei Jahren. Warum denn wohl? Weil es euch finanziell besser geht, weil die Schulden schon bezahlt sind und sie sich etwas davon verspricht, womöglich auch für ihre Kinder."

Sie denkt es nicht nur, sondern spricht es oft aus und versucht, mir Ratschläge zu geben. Ach, das alte Thema ekelt mich schon an! Abgesehen davon, dass die Persönlichkeit Isabels mir widerstrebt, dass sie mir total fremd und unsympathisch ist, mag ich es nicht, von jemandem aufdiktiert zu bekommen, dass ich mich ständig vor diesem Geschöpf wie vor dem Teufel, einem bösen Tabu, in Acht nehmen soll.

„Isabel bedeutet deinen Untergang, denn sie ist die einzige, die die Macht hätte, dir Schäden zuzufügen. Als Tochter deines Mannes ist sie die einzige, die Ansprüche stellen und dich finanziell vernichten könnte. Nur sie ist gefährlich."

Meine Unfreiheit scheint mir peinlich. Mit anderen Menschen kann ich frei umgehen, nur mit Isabel nicht. Ich mag die Unwiderruflichkeit unserer Situation nicht. Muss ich mich zu ihr immer stiefmütterlich verhalten, das heißt, vor ihr flüchten oder sie rauswerfen, besiegen, eliminieren... und das alles ohne Grund, bevor sie mir Schlechtes getan hätte?

Das Schicksalhafte, unvermeidliche dabei ist, dass die Gedanken und Befürchtungen meiner Mutter auch meine eigenen sind, in mir selbst verwurzelt und vielfach nachgeklungen. Die Chronologie meiner Angst und Unsicherheit wächst mit den Jahren. Am Anfang unserer Ehe hatte ich Isabel nicht als bedrohlich empfunden, ganz im Gegenteil... Ich hätte sie beinahe adoptiert und geliebt. Aber jetzt ist sie kein Kind mehr, sondern eine Frau mit Familie. Zwölf Jahre lang existierte sie in unserem Leben nicht mehr, nicht einmal telefonisch. In der trügerischen Euphorie unserer Kinderlosigkeit hatte ich sie und ihre undefinierbaren Tochterrechte beinahe vergessen. Und plötzlich ist sie wieder da, meldet sich hin und wieder, will ihren Vater besuchen. Es ist unheimlich, wie gewisse Gestalten mit der Zeit zu Feinden werden können. Bestimmte „Umstände" sind daran schuld, mehr als die Charaktere selber. Ich könnte nicht sagen, dass ich sie wegen ihres Charakters ungern habe, denn ich verkehre ja nicht mit ihr, und so entgehen mir sowohl ihre Tugenden wie auch ihre Unvollkommenheiten. Es ist die potentielle Gefahr, die sie für mich darstellt, was von Vornherein jede Form von Kontakt zwischen uns ausklammert.

Es ist gut, dass Javier meine Gedanken nicht lesen kann, obwohl er sie wahrscheinlich schon vermutet, meine stiefmütterlichen Gedanken: *„Was sie betrifft, bedaure ich den Verlust nicht. Sie war nicht zärtlich zu mir, dachte nie etwas Positives über mich, auch nicht etwas Schlechtes. Sie hat mich immer vollkommen ignoriert, nur an ihre Mutter gedacht. Warum will sie aus heiterem Himmel den Kontakt mit Javier? Achtung! Sie könnte sich in unsere Wohnung einschleichen und jedes Wochenende vielleicht... mit den Kindern kommen wollen. Javier könnte sich ganz plötzlich und rettungslos in seine Enkelkinder verlieben. Komisch, dass er schon ein Großvater ist! Ich muss es verhindern, dass ihre Besuche zu einer Alltagsgewohnheit werden. Wenn hin und wieder überhaupt ein Besuch sein muss, dann nur als isoliertes Phänomen, einmal im Jahr zu Weihnachten. Das beste Mittel, um es zu verhindern, ist, dass ich die Wohnung automatisch verlasse, wenn ich höre, dass sie kommt. Ich lasse Javier keinen Zweifel daran, dass ich sie nicht sehen will. Er weiß, was für ein Opfer es für mich bedeutet, unnötigerweise und ohne Ziel rauszugehen, denn, jede freie Stunde, die ich habe, hocke ich immer gerne in meiner Wohnung. Ich kann es ihm nicht gänzlich verbieten, aber so wird er vielleicht weniger darauf bestehen. Ich darf auf keinen Fall nachgeben, sonst wären ihre Besuche immer häufiger, und ich müsste ständig ihre unwillkommenen Gedanken lesen, die ich mir jahrelang erspart habe, und nicht nur ihre eigenen, sondern auch die ihres Mannes, ihrer Kinder, sogar die ihrer Schwiegerfamilie, sollte sich die Beziehung noch intensivieren. Manchmal bin ich zu weich, gutmütig oder diplomatisch gewesen, und habe Dinge akzeptiert, die dann zur Gewohnheit wurden, ohne dass ich je die Möglichkeit bekommen habe, sie rückgängig zu machen und sie zu ändern. So geschah es mit Javiers Gedanken über Frauen, zuerst über Alicia, jetzt über Rosanna und Amelia. So ist es auch mit den Sonntagsritualen passiert: Jahrelang ... jeden Sonntag zur Kirche und dann zu Priscila, meiner Schwiegermutter, solange sie lebte. Wenn man dagegen ankämpfen will, dann ist es schon zu spät. Wenn ich etwas schweren Herzens und nur teilweise, aber doch aus* *diplomatischen Gründen, akzeptiere, dann bin ich schon verloren und auf immer im Netz der halbausgesprochenen Vereinbarungen gefangen. Jetzt habe ich keine Geduld mehr mit neuen Verpflichtungen, die sich später verewigen würden. Deshalb muss ich ganz schnell vor Isabel flüchten."*

Meine Mutter ist noch mit dem Abschied von den anderen beschäftigt. Sie küsst das Geburtstagskind überschwänglich und wünscht ihr wie üblich noch einmal ein langes Leben.

Esperanza denkt: *„Seife ist immer ein gutes Geschenk. Wenigstens kann ich mir damit die Füße waschen."*

Meine Mutter und Tante Eugenia gehen auch kurz danach. Sie suchen schon nach ihren Mänteln und Regenschirmen in der Garderobe, denn heute Nachmittag haben wir ausnahmsweise vollen Sonnenschein, aber sonst hat es die ganze Woche nur geregnet. Ich bin erleichtert, dass sie nichts über Isabels Besuch erfahren werden, so bin ich von den mir schon bekannten Kommentaren und Gedanken verschont, die mich bloß verstimmen würden.

Noch einen letzten Gedanken von Tante Eugenia kann ich erwischen, bevor sie die Tür zumacht: *„Ach, wenn mein Mann noch lebte, würden wir jetzt gemütlich in einem Café sitzen und plaudern. Stattdessen muss ich mit meiner Nichte durch die Straßen rennen und mir anhören, was sie über Spendenaktionen und Filme im Fernsehen erzählen will."*

„Ja, Eugenia, wir werden zu Menschen und Dingen gezwungen, in Lagen hineinmanövriert, die wir am liebsten nicht hätten. Ich würde am liebsten zu Hause bleiben, stattdessen muss ich jetzt los... Und wohin überhaupt? Ich komme mir wie eine Obdachlose vor, natürlich provisorisch, zeitlich begrenzt, nur für ein paar Stunden, was etwas ganz anderes ist als für immer. Es ist das gleiche, wie wenn man die Augen nur verbindet, um Blindheit vorzutäuschen. Aber trotzdem, das Gefühl ist ja da."

Javier denkt mürrisch: *„Ich habe Rosannas Telefonnummer verlegt, verdammt! Ich werde sie erst morgen früh auf der Arbeit anrufen können."*

Im Moment kann ich nur seine Gedanken lesen, weil er der einzige im Raum ist. Doch das reicht mir schon und belastet mich genug; ich möchte meine Augen schließen und ihn nicht mehr ansehen. Das schaffe ich nicht. Die Neugier treibt mich immer weiter und ich muss ihn immer weiter ansehen.

Ich denke auch weiter ... an meine Obdachlosigkeit: *„Das Peinliche ist, dass mich keiner für diese paar Stunden haben will und ich möchte die Menschen sozusagen nicht sonderlich bemühen und betteln.“*

Javier denkt noch wütender: *„Natalia bekommt Besuch von ihren Eltern, ihrem Bruder und so weiter. Aber ich darf meine eigene Tochter kaum einladen, das ist nicht so toll.“*

Ich denke an die Ablehnung der Menschen, mich zu empfangen: *„Cecilia, obwohl sie angeblich meine ‚beste Freundin‘ ist, hat umständlich gelacht und mit Verlegenheit erklärt, dass es ihr gerade heute zeitlich nicht passt, dass ich zu ihr käme. Dann habe ich mir vorgenommen, meine Obdachlosigkeit mit dem Praktischen zu verbinden und eine Bekannte im Krankenhaus zu besuchen. Aber auch sie hat mir zu verstehen gegeben, dass sie sich heute keinen Besuch wünscht, sie sei zu nervös wegen Schmerzen und möglicher Versetzung in eine andere Abteilung; mein Besuch würde sie nur quälen und sehr ungelegen kommen. Nein, nein, dann gehe ich nicht ins Krankenhaus... lieber verbringe ich die Zeit alleine irgendwo.“*

Mein Mann denkt: *„Rosannas Nummer endet mit 22, aber das ist das einzige, was ich weiß. Als ich klein war, konnte ich sehr gut Telefonnummern auswendig lernen. Kein Wunder, ich wollte auch Telefonist werden wie meine Eltern. Das Telefon war viele Jahre lang der Mittelpunkt unseres Lebens.“*

„Ja, Priscila und ihr Mann, beide waren sehr gesprächig. Vielleicht brachte es der Telefonistenberuf mit sich, oder sind es nur Vorurteile? Javiers Mutter arbeitete in einem großen Kaufhaus - ich erinnere mich noch, da konnten wir immer billiger kaufen - und der Vater in einer Transportfirma. Heutzutage gibt es kaum noch Telefonisten. Es gibt nur automatische Durchwahlen und Computerbefehle nach Ansage des Anliegens.“

„Ich habe ein schlechtes Gewissen, vor allem meinen Enkeln gegenüber. Natalia hat Recht, wenn sie sagt, dass es schon zu spät ist, um eine große Liebe für sie zu empfinden. Die Entfremdung nach so vielen Jahren der Stille lässt sich nicht wiedergutmachen. Trotzdem ist es schade, dass ich nichts besitzen darf, nicht einmal Enkel, und sie sind ja mein Blut, ein Teil von mir."

„Javier, gedanklich sind wir sehr voneinander getrennt. Ich wünschte, ich könnte mit dir nur telefonieren. Dann brauchte ich deine Gedanken nicht zu lesen."

„Sie weiß nicht, dass ich für Isabel und die Kinder ein paar Weihnachtsgeschenke gekauft habe, obwohl sie das bestimmt schon vermutet... Zu Weihnachten sind wir weg, und deshalb gebe ich ihnen das schon jetzt im Voraus. Voriges Jahr hatte sie auch die Wohnung verlassen, als meine Tochter kam. Warum ist sie so nachtragend?"

„Ich bin nicht nachtragend. Ich will ja mich nur vor gefährlichen Gewohnheiten schützen. Ich will nicht allmählich umlagert werden und dass sie ständig kommt."

„Sowohl Isabel als auch Amelia haben immer kalte Hände... Woher kommt das? Die beiden sind auch zu dünn. Die Jugend heutzutage ernährt sich nicht richtig. Rosannas Mann geht mir auf die Nerven mit seinen Drohungen, ich muss ihm bald meine Meinung sagen."

„Wo werde ich meine obdachlosen Stunden verbringen? Mit blauäugiger Sicherheit habe ich angenommen, ich wäre zu jeder Zeit willkommen und könnte meine Freunde besuchen. Aber natürlich, nur langfristige Planung ist erlaubt, für spontane Handlungen ist kein Platz. Zur Familie zu gehen habe ich keine Lust, auch nicht in eine Kneipe mit der typischen verrauchten Atmosphäre und von lästigen Geräuschen umgeben. Ich werde ins Büro gehen, in ein gespenstiges, leeres Büro ohne Angestellte und ohne Arbeit. Dort werde ich einsam sitzen und die Zeit tot schlagen, bis ich ungefähr damit rechnen kann, dass Isabel und die Kinder die nostalgische Feier des Wiedersehens und der Geschenke mit dem noch an neue Frauen denkenden Großvater beendet haben. Wenn ich von meiner Wohnung exiliert bin, habe ich *keinen anderen Schlüssel auf der Welt außer diesen vom Büro, deshalb gehe ich dahin. Es ist wie ein kostenloses Hotel. Und ich kann dort auch ein paar Minuten schlafen, wenn ich müde werde und mir keine andere Beschäftigung einfällt. Und ich brauche nichts auszufüllen, keine bürokratische Anmeldung. Das Gebäude wird ganz leer sein, aber sollte sich noch jemand dort aufhalten, dann kann ich einfach sagen, dass ich Überstunden zu arbeiten habe. Nur ein- und ausstempeln werde ich natürlich nicht, und diese Überstunden werden nirgendwo erscheinen, diese Stunden meiner Obdachlosigkeit."*

„Natalia bereitet sich schon zum Gehen. Warum überhaupt? Das ist Quatsch! Sie nimmt ihre Tasche, spielt die Beleidigte, geht schon zur Tür und bald wird sie schnell ,Tschüss' sagen."

„Ich bin nicht beleidigt, nur etwas verstimmt. Es kann verschiedene Gründe haben, dass ich manchmal verärgert bin. Aber wie könnte ich es ihm erklären, die verschiedenen Ursachen meiner Depression? Er versteht mich viel zu wenig. Manchmal ist es wegen der Gedanken der anderen, die ich unaufhörlich lesen muss. Ich bin wie jemand, der immer mit nackten Menschen herumläuft, und ich kann mich hinter meiner Kleidung verstecken. Aber das hilft mir nicht viel. Ich muss immer die nackten Teile der anderen sehen und kann nicht davonlaufen, kann nie durch Schmeicheleien belogen werden. Andererseits kann ich mich auch nie richtig verteidigen und nie auf die Schimpfworte in ihren Gedanken die passende, wohlverdiente Antwort geben. Dieses Doppelspiel ist unmenschlich. Ich wünsche manchmal, ich wäre auf einer Insel, nur mir selbst überlassen, wo ich keine Möglichkeit mehr hätte, die Gedanken der anderen zu lesen. Aber wahrscheinlich wäre mir das höchst langweilig und ungewohnt. Und was bliebe dann vom Leben, wenn die zwei Dimensionen, die der Sprache und die der Gedanken, mir auf einmal fehlen sollten? Hin und wieder bin ich aus anderen Gründen verärgert: Ich muss eine unangenehme Arbeit verrichten, ohne Lob, ganz anders wie Antonio, oder ich leide unter einem Gefühl von schwerer Mittelmäßigkeit: Keine Epiphanie, kein Glanzerlebnis, weder bei Tag noch bei Nacht.

Kein Mensch denkt an mich und schreibt mir E-Mails. Die Süßigkeiten machen mich dick und ich darf nicht viel davon essen. Ich habe beim Würfelspiel verloren und meine Freundinnen bemitleiden mich heuchlerisch weiter. Mein Mann betrügt mich wieder... Cecilia ruft immer seltener an, sie entfremdet sich mit den Jahren immer mehr von mir. Mein Vater sitzt im Rollstuhl meistens zu Hause, kämpft gegen seine chronische Krankheit und ich kann ihm nicht dabei helfen. Mein Lieblingslied habe ich durch meine schlechte Stimme versaut, als ich neulich versucht habe, es nachzusingen. Ich muss zum Zahnarzt oder, schlimmer noch, zum Chirurgen. Trotz der unendlichen Zahl von Fernsehprogrammen gibt es heute nichts Interessantes für mich im Fernsehen. Eine lang erwartete Verabredung hat sich wieder als Bluff erwiesen. Wieder werde ich bei einem Gespräch missverstanden, meine Meinung gar nicht gehört, vollkommen ignoriert. Meine Kochrezepte haben versagt. Eine Nachbarin hat im Lotto gewonnen, während ich... Auch wenn ich einen Liebesroman lese und ihn mit meiner Wirklichkeit vergleiche, bin ich verstimmt. Nach der fast krankhaften, aber fröhlichen Spannung von ein paar Stunden Lektüre kommt meistens als Kontrast ein großes Tief, ein bitteres Versinken ins Loch der Apathie. Warum werde ich nicht leidenschaftlich geliebt? Warum muss ich die Liebe nur als auf Papier geschriebenes Material aufnehmen? Gerade nach solchen Lektüren bin ich auf Javier besonders ärgerlich."

Javier denkt: *„Vielleicht wird mein Schwiegersohn Isabel danach mit dem Auto abholen kommen. Ich mag ihn nicht. Ich mag auch nicht die Vornamen meiner Enkel, Leo und Florian. Aber sie sind gute, brave Kinder und es ist schade, dass ich so wenig Zeit mit ihnen verbringen kann. Zwar sagt Natalia immer, dass ich sie besuchen kann, wenn ich will. Aber für mich ist wenig Freude daran, wenn ich sie bei mir zuhause nur selten empfangen darf. sie macht es ja absichtlich, damit keine große Begeisterung bei mir aufkommt. Es ist komisch, sie war damals uneigennützig und großzügig, aber in letzter Zeit ist sie zur klassischen Stiefmutter geworden."*

„Hör auf! Ich möchte nicht auf seine Gedanken antworten, möchte nur meinen eigenen Weg gehen. Manchmal, wenn ich die Gedanken der anderen lese, bin ich wie paralysiert ... Seid vorsichtig! Ihr könntet mich eines Tages mit der Waffe eurer Gedanken töten."

Javier ist plötzlich aufgestanden. Er folgt mir zur Diele, zu energisch und schnell nach der Lethargie seiner bisherigen Stille, wie mir scheint. Er schaut meine Handtasche zerstreut an und sagt mit bissigem Zorn: „Warum gehst du überhaupt? Isabel würde dich nicht aufessen, sie hat dir nichts getan."

Jetzt höre ich meine unvermeidliche Stimme. Wie kommt es, dass meine Gedanken auf einmal eine laute Stimme haben und wie Silvesterballons in die Luft springen? Hoffentlich platzen sie nicht alle zusammen.

„Frag' mich lieber, warum ich bleiben sollte, Javier. Ich habe keinerlei Beziehung zu ihr, sie braucht mich nicht und du bist ja der Vater."

„Du könntest aber in deinem Schlafzimmer bleiben und keiner würde dich stören. Du brauchst die Wohnung nicht zu verlassen, wenn du nicht möchtest."

„Doch, ich möchte gehen. Es wäre nicht angenehm, wie eine Gefangene im Schlafzimmer zu bleiben. Irgendwann müsste ich raus und dann könnte ich die Auseinandersetzung mit ihr nicht länger zurückstellen, dann müsste ich etwas sagen und das möchte ich nicht."

„Warum hast du so wenig Geduld mit ihr? Andere Menschen empfängst du, nur sie nicht, warum?"

„Sie hat nie meine Nähe gesucht, und wenn sie jetzt nach so vielen Jahren kommt... ist es nur deinetwegen oder weil sie sich irgendwelche Vorteile erhofft."

„Das ist der Punkt, du hast Angst, dass sie dir etwas wegnehmen könnte. Gewöhnlich warst du nicht materialistisch."

„Nein. Aber jetzt denke ich schon hin und wieder an unsere Ersparnisse und die Wohnung. Ich weiß, es ist kleinlich, das Geld verdirbt oft die Beziehungen der Menschen zueinander, aber ich kann es nicht ändern. Wenn ich sie lieben könnte, dann könnte ich mich edel verhalten, doch ich kann und will sie nicht lieben. Sie kommt zu spät und mit mir nicht so ganz klaren Absichten."

„Stiefmuttergerede! Das gefällt mir nicht von dir. Warum dieser Hass?"

„Es ist eigentlich kein Hass. Ich will bloß meine Ruhe haben. Nach so vielen Jahren bin ich an ihrem Leben nicht mehr interessiert, das müsste man auch respektieren. Manchmal muss man ohne ganz gute Freunde auskommen, man lernt ohne sie zu leben; doch sie war noch nie meine Freundin, und deshalb tut es mir auch nicht leid."

Javier flüstert vorwurfsvoll: „Du gibst ihr keine Chance, du hast sie nur als Kind kennen gelernt und weißt nichts von ihrem jetzigen Charakter."

„Das ist nicht wahr. Bei ihrer ersten Schwangerschaft, als sie eine junge Frau war, sahen wir sie auch manchmal... und es wurde nicht besser. Sie ignorierte mich völlig, wie immer. Deshalb ist es das Vernünftige, dass ich nicht hier bin, wenn sie kommt."

„Ich muss auch deine Leute ertragen, wenn sie kommen."

„Das ist etwas anderes, sie waren schon immer da, alltägliche Figuren wie deine Eltern, während Isabel aus heiterem Himmel erscheint, nur wenn es ihr passt. Aber sicher, wenn meine Familie dich ermüdet und dir missfällt, dann werde ich sie immer seltener in unsere Wohnung einladen, nur dann wenn du nicht da bist."

„Wo gehst du denn hin?"

„Ins Büro. Ich wollte an sich zu einer Freundin, doch es hat nicht geklappt."

Mit einer resignierten Haltung habe ich es zugegeben: Die Freundinnen haben nicht mitgespielt. Ich kann auch keine Ausrede erfinden, dass ich unbedingt irgendwo hin müsste. Es sieht ganz eindeutig nach Flucht aus, nach irrationeller Selbstverbannung. Ich kann ihm auch nicht vormachen, dass ich etwas Dringendes im Büro zu erledigen hätte. Er weiß, dass ich dort nur sitzen werde... und denken. Die Radikalität und Ehrlichkeit dieser Aussage hat etwas Demütigendes an sich. Kein Mensch will es zugeben, dass er irgendwo einfach sitzt, denkt und die Zeit verstreichen lässt. Aber letzten Endes bin ich mit dieser ungebrochenen und endgültigen Ehrlichkeit zufrieden.

„Gut, ich werde dich anrufen, sobald sie weg sind."

Ich lächle halb getröstet und versöhnt darüber, dass wir in gewisser Hinsicht wie Komplizen sind, wie Kinder, die es vereinbart haben, sich mit einem bestimmten Pfeifzeichen zu verständigen. Er wird meine Büronummer wählen, pfeifen und dann kann ich in meine Wohnung zurückkehren.

Im Moment lese ich keine Gedanken mehr, da ich ganz alleine im Büro bin, mit meinen Armen auf den Schreibtisch gestützt und meinem Gesicht in meinen kalten Händen. Aber für den Menschen, der so eine Begabung hat wie ich (ich glaube, ich bin die einzige, mit der Ausnahme von diesem Tuganov), ist echte Einsamkeit gar nicht möglich, denn ich habe in meinem Leben so viele Gedanken gelesen, dass mein Gedächtnis in ständiger Begleitung ist und sich immer wieder damit beschäftigt... mit den tausendfachen Gedanken der Menschen über mich selbst und über andere Dinge, die mich aus besonderen Gründen beeindruckt haben.

„Die Regierung Bush... Ich will nicht in die USA, solange solche kriegerische Zustände dort herrschen. Die politische Lage eines Landes ist schon sehr wichtig. Damals, als wir Franco hatten, hatte ich mich schon darüber gewundert, dass die Touristen noch zu uns kamen und mit so viel Zynismus behaupten konnten, dass Spanien ein Paradies sei."

Wer hat es gedacht? Manchmal kommt die gedankliche Strömung, die Verlautbarung des Gedachten noch früher zu meinem Gedächtnis als die Gestalten selbst. Antonio, ja, es war Antonio. Während einer Kundgebung gegen den Irakkrieg in Madrid, im Jahr 2003, hatte er diesen Gedanken.

Der nächste kollektive Gedanke stammt von mehreren Arbeitskollegen: *„Natalia friert immer, sogar wenn es warm ist. Sie will auf der Arbeit immer das Fenster zu haben und wir ärgern uns natürlich, weil alles nach ihrem übertriebenen Rosenduft riecht, den sie so sehr mag."*

Cecilias Gedanke oder Aussage war einmal folgende: *„Wenn Natalia einen Mann liebt, wird sie richtig von ihm versklavt. Sie* ist so nachgiebig, belehrungswillig, eine masochistische Natur, sie würde sich beinahe schlagen lassen. Deshalb wünsche ich ihr nicht, dass sie einen Mann findet."

Das stimmt nicht, Cecilia. Immer dieser Quatsch mit euren Gedanken!

„Es ist widersprüchlich und dumm von ihr, dass sie den Führerschein gemacht hat, um angeblich bessere Chancen bei einer Arbeitsstelle zu bekommen. Und dabei fährt sie nicht gerne Auto, hat sich auch keines gekauft, und somit hätte sie sich die Fahrprüfung sparen können." Esperanza ist enttäuscht von mir. Sie denkt immer daran, wenn sie mich sieht: *„Widersprüchlich und dumm."*

Während unserer Verlobungszeit wiederholte Javier mehrmals den Gedanken: *„Das verdammte Telefon nervt mich. Es hat heute schon fünf Mal geklingelt. Meine Eltern telefonieren viel zu gerne, meine Braut ruft auch zu oft an. Manchmal ist es mir lästig; ich bin nicht so ein Telefonmensch wie meine Eltern. Ich benutze die Kiste nur, wenn wir unsere Verabredungen treffen. Das Telefon bedeutet mir sehr wenig, wenn ich einen Menschen nicht sehen kann."*

Jetzt wird er auch anrufen, doch nur, um mir zu sagen, dass Isabel und die Kinder schon weggefahren sind. Es wird nur ein kaltes „Hallo und Tschüs" in der Leitung sein, und dann wird er, ganz unbeteiligt, den Hörer auflegen.

„Es ist immer schön, zum Grab meines Mannes zu gehen und an ihn zu denken."

Ja, Tante Eugenia. Ich begleite sie auf kurze Strecken. Wir bleiben am Grab stehen und wie immer habe ich ein schlechtes Gewissen, dass ich den Onkel so selten besuchen komme.

„Einen Notkoffer sollten wir uns immer bereit halten... Bei so vielen von der Natur oder vom Menschen selbst verursachten Katastrophen in unserer Zeit sollten wir immer einen Koffer bei uns haben mit unseren wichtigsten Papieren, mit Schmuck, Geld und Wertgegenständen,. Ja, für den Fall, dass wir unsere Wohnungen unverzüglich, panikartig verlassen müssen, weil Absturzgefahr besteht."

Das war ein Gedanke meiner Mutter gewesen, als wir vor ein paar Tagen über die U-Bahn- Erweiterung in Barcelona sprachen, wo ein Haus oder mehrere - ich kann mich nicht richtig daran erinnern - durch die Umbaumaßnahmen in Mitleidenschaft gezogen wurden und tatsächlich „Absturzgefahr" bestand.

Meine Mutter wiederholte gerne den Bericht der Zeitung: *„Sie mussten alles innerhalb von drei Minuten verlassen. Es war sieben Uhr morgens, alle noch im Bett, halbangezogen, und es gab keine Zeit, um etwas mitzunehmen. Stell' dir vor, die ganzen kleinen Schätze, die jeder von uns im Haushalt hat, mussten sie hinter sich lassen. Und Gott sei Dank, gab es keine Toten oder Verletzte. Das Haus steht noch, aber wie lange? Die Bewohner werden immer darauf hingewiesen, dass sie nur unter sehr strengen Sicherheitsvorkehrungen die Wohnungen betreten dürfen, um etwas Lebenswichtiges zu holen; sie dürfen aber nur ganz kurz und nur einzelne Personen unter Aufsicht von außen darin verweilen. Wer weiß, wie lange sie noch warten müssen, bis sie ein normales Leben führen können und ihre persönlichen Gegenstände wieder bekommen!"*

Ein Notkoffer für uns alle... Seit diesem Gespräch muss ich oft darüber nachdenken.

Esperanzas Gedanken sind nicht sehr originell. Sie denkt meistens nur an Geschenke, ihre Söhne und das Wetter, auf das sie meistens mit Verärgerung reagiert, weil sie beim Regen kein Auto zur Verfügung hat. Aber einmal hatte sie einen hoch originellen Gedanken: *„Wenn ich eine Schnecke wäre, würde ich meinen Mann nicht mehr brauchen. Ich habe davon gelesen, dass die Schnecke beide - die weiblichen und die männlichen Geschlechtsorgane - in sich verbindet. Eine Schnecke ist völlig autonom und könnte sich ganz selbstständig, ohne die Hilfe eines Partners, fortpflanzen. Es ist ein merkwürdiges Tier, mit allem möglichen ausgestattet, was die Selbsterhaltung der Art verlangt. Sie trägt ihr Häuschen mit sich und besitzt diese Selbstreproduktionsmaschine, wobei sie sich ganz alleine eine Familie erschaffen könnte. Das Komische ist, dass sie selten*

Gebrauch davon macht; sie sucht nach einem anderen Partner; sie geht hinaus in die Welt, um sich mit einer anderen Schnecke auszutauschen und sich fremde Substanzen anzueignen. Was sie durch die Arbeit ihres eigenen Körpers hätte leisten können, delegiert sie an einen Gegenüber. Aber wenn ich eine Schnecke gewesen wäre, hätte ich mehr auf meine Selbstständigkeit bestanden und mir nicht so viel von Antonio gefallen lassen. Dann hätte ich meine Söhne selbst gezeugt und ohne ihn bekommen."

Auf ihren Gedanken antwortete ich damals folgendes: *„Wahrscheinlich ist es auch von Vorteil für die Schnecke, diese Abwechslung von außen, und es macht bestimmt auf die Dauer keinen Spaß, immer nur Sexualität mit sich selbst zu betreiben. Aber ich weiß, du bist eher der Mutter-Typus und als Frau nicht besonders ansprechbar."*

Über all diese Gedanken sprachen wir natürlich nicht, ich spürte sie nur in der Luft und ich dachte an die Schnecke womöglich noch länger als meine Schwägerin es getan hatte. Ich erklärte mir selbst: *„Gibt es denn auch unfruchtbare Schnecken? Mit und ohne Partner unfruchtbar wie ich? Die Schnecken sind wahrscheinlich wie die emanzipierten Frauen unserer Zeit, die sich im affektiven Bereich trotz ihrer Selbstständigkeit nicht vom Partner loslösen können."*

„Doña Natalia hat ziemlich viel Geld in ihrem Portemonnaie, ich habe es gesehen, über 200 Euro. Ich werde etwas davon nehmen und sie wird es nicht merken, da sie sehr zerstreut ist."

Teresa, die Putzfrau, dachte mit fixer, krankhafter Eintönigkeit an mein Portemonnaie; schon ein paar Mal, während sie mir unschuldig und langatmig die Blasen an ihren Füssen beschreibt, die sie sich vergangene Woche bei den Weihnachtseinkäufen mit ihrer Tochter geholt hat.

„Kennen Sie ein gutes Mittel für die Blasen? Meine Haut schält sich ständig und ich muss immer wieder die tote Haut abschneiden. Es ist abstoßend. Ich hätte mir nie gedacht, dass die Haut so hart werden kann und sich dann so leicht wie Papier abtrennen lässt. Und dann kommt wieder die neue, die ganz dünne Haut. Wie lange wird es dauern? Wird es immer so weiter gehen?"

„Seien Sie vorsichtig beim Schneiden! Schneiden Sie nicht zu viel!"

Ich schaute sie an und lächelte traurig. Gewöhnlich ziehe ich nie Vorteile von meinem Gedankenlesen, doch diesmal brachte ich mein Geld in Sicherheit, obwohl ich nichts sagte.

Eine innere Stimme unbekannter Herkunft spricht auch manchmal mit mir, aber es ist bestimmt nicht Teresas Stimme: *„Komm' Natalia, es ist eine Schande! Du lässt deine Begabung des zweiten Gesichtes so unbenutzt wie ein brachliegendes, unfruchtbares Feld ohne Ernte, und du könntest finanziell und beruflich viel damit anfangen. Du könntest für Spionagezwecke in irgendeiner Firma eingesetzt werden; du könntest bei den Besprechungen all die Gedanken der Anwesenden erraten und für den Chef protokollieren. Durch deine Gabe wärest du eine unverzichtbare Mitarbeiterin."*

Ach nein! Das würde mir widerstreben. Ich werde mich immer davor hüten, mein Geheimnis den anderen preiszugeben, denn dann könnten sie vielleicht versuchen, mich zu manipulieren, sogar mich zu entführen und einzusperren, damit ich nichts sage... oder umgekehrt, damit ich alles sage. Sie würden mein Wissen für ihre Tricks schamlos missbrauchen, für Industrie, Religion oder Politik. Ich will nicht für eine Heilige oder eine Teufelsbesessene gehalten werden. Was bin ich froh, dass keiner das weiß! Nur in einer Notlage als Selbstverteidigung würde ich von meinen geheimen Kenntnissen Gebrauch machen, sollte jemand auf die Idee kommen, mich wie die arme Kaiserin Sisi abzustechen; nur dann würde ich natürlich flüchten oder Schutz bei anderen suchen.

Bisher hat noch keiner daran gedacht, mich umzubringen. Höchstens missfalle ich den Menschen, sie finden Fehler in meinem Äußeren oder in meinem Charakter.

„Natalia ist faul, träge und ausdruckslos. Sie vergisst immer die Geburtstage der Kollegen und Bekannten."

Letzteres ist wahr. Ich denke nur an Esperanzas, und auch das kostet mich große Mühe.

„Sie zieht sich unvorteilhaft an, als wollte sie absichtlich hässlich aussehen, und dann diese Frisur, die ihr gar nicht steht. Sie hat kaum Haare übrig, geht aber noch zum Friseur und lässt sie bis zum Äußersten abschneiden. Vielleicht leidet sie an irgendwelcher Krankheit, von der wir nichts wissen, Haarausfall durch die Chemotherapiebehandlung oder so etwas."

Das ist Eva, meine Nachbarin im dritten Stock. Sie hat immer etwas gegen meinen Friseur gehabt und meine Art, mich zu kleiden, auch als ich noch jung war und sich drei Männer gleichzeitig in mich verliebten. Sie ist in vielem wie meine Mutter, registriert nur Optisches und befasst sich ausschließlich damit, das Aussehen der Menschen zu beurteilen. Immer wenn sie mich sieht, beschimpft sie mich automatisch und ohne ersichtlichen Grund: *„Du Affe! Ich mag dich nicht. Ich verstehe nicht, wie sie noch einen Mann gefunden hat. Sie ist blass wie eine Mumie, auch wenn sie zu den Kanarischen Inseln fliegt und stundenlang in der Sonne liegt. Sie kann sich nicht schminken, ihr Lippenstift ist nicht richtig verteilt. Und immer diese Haare... und diese müde Haltung, als hätte sie die ganze Nacht nicht geschlafen."*

„Das stimmt, ich habe nicht gut schlafen können. Aber lass mich in Ruhe mit deinen Gedanken, wir haben nichts miteinander zu schaffen. Mach' einfach deine Augen zu, wenn du mich siehst."

Isabel dachte vor Jahren über mich, als sie noch regelmäßig zu uns kam: *„Sie stottert manchmal, wenn sie nervös ist und unbedingt reden will. Sie ist schwach und schüchtern. Ich in meinem Alter, mit 13 Jahren, bin viel selbstbewusster als sie. Und sie spricht auch kein so gutes Englisch trotz ihrer eingebildeten Behauptung, dass sie so viele Diplome hat. Es ist ein Wunder, dass sie und mein Vater noch zusammen sind, sagt meine Mutter. Sie trennen sich nicht, weil sie so ein Schaf ohne Persönlichkeit ist."*

„Ach Isabel! Du weißt gar nichts. Ich verstehe nur nicht, warum du immer deine Mutter in Schutz nimmst. Hat sie dich nicht

mehrmals geschlagen? Hat sie nicht schon mit mehreren Männern ihr Glück probiert? Mein Stolz ist verletzt. Ich stottere nicht, ich habe nur etwas gezögert und länger als sonst überlegt, weil ich nicht genau weiß, wie ich dich ansprechen soll. Und wieso kannst du mein Englisch beurteilen? Ich war zwei Jahre in England."

„Natalia hat sich den falschen Beruf ausgesucht. Um Versicherungsvertreterin zu sein, muss man gewisse Eigenschaften haben, die sie nicht besitzt."

So denkt mein Bruder Antonio, immer wenn er mich sieht.

„Voraussetzung für diesen Beruf ist eine Vielzahl von Kenntnissen über Gesetze und die technische Seite der Ausstellung eines Gutachtens, gute Argumente, Überzeugungskraft. Und das alles ist nicht gerade ihre Stärke. Ich kann mir überhaupt nicht vorstellen, wie sie die Kunden zu überreden versucht, eine Hausrat-, Auto- oder Sterbeversicherung abzuschließen."

„Verdammt, ihr zweifelt immer an meinen Begabungen. Schon seit Jahren arbeite ich hier."

Hauptberuflich arbeite ich in der Verwaltung der Versicherungsgesellschaft, aber hin und wieder gelingt es mir auch neue Kunden anzuwerben, meistens Freundinnen und Bekannte der Nachbarschaft. Naja, ganz glatt verläuft es natürlich nicht, immer diese schweren Verdächtigungen und unanständigen Gedanken der Menschen, die ich ewig durchkaue... „Ob sie uns mit dem Vertrag nicht reinlegen will? Ob sie sich gut genug auskennt?"

Und ich muss immer so tun, als würde ich nichts merken.

Auch Javier dachte daran, als wir uns kennen lernten: „Wo das Geschäft anfängt, hört die Freundschaft auf. Wie viel Prozent wird sie daran verdienen?"

„Javier, dir will ich keine Versicherungen verkaufen. Du denkst auch, dass ich zu wenig von der Materie verstehe. Aber das ist für uns nicht wichtig, besonders jetzt nicht... da unsere Beziehung gerade begonnen hat. Du bist Krankenpfleger und Schwimmlehrer, aber mir fällt es gar nicht ein, Vorteile daraus zu ziehen, was du machst. Ich möchte weniger über unsere Jobs und mehr über unsere Gefühle sprechen. Du neigst eher *dazu, mich nur über meine Arbeit zu befragen und deinen Dienst im Krankenhaus oder im Schwimmbad in den Vordergrund zu stellen. Was das Schwimmen betrifft, fühle ich mich sehr minderwertig und reumütig, als hätte ich eine unverzeihliche Sünde begangen. Weißt du, es ist mir peinlich, und ich schäme mich dessen... Tatsache ist, dass ich mit 26 noch nicht schwimmen kann. Ich habe Heimweh nach der Kindheit, als ich es hätte lernen sollen. Mir fehlt es an dem Mut, es dir zu sagen. Irgendwann wirst du es schon erfahren. Es kann sich auch ändern; ich kann es von dir lernen oder es mir von jemand anderem zeigen lassen. Die Welt ist weit und unbegrenzt, wenn man liebt, nicht wahr? Vielleicht ist es falsch, dass ich meine Gedanken immer für mich behalte, denn dann kannst du nicht so agieren, wie ich mir wünsche, dass du es tust. Der Mangel an Transparenz geht gegen mich selbst. Es mag dir naiv vorkommen, aber ich glaube, ich fertige einen Zettel für dich über all die Handlungen an, mit denen du mich glücklich machen kannst. Ich werde auch um eine Aufstellung deiner Wünsche bitten, damit keine Missverständnisse zwischen uns aufkommen. Auf meiner Liste steht es schon, ganz unzweideutig, alles was ich von dir möchte:*

1. Du sollst meine Kenntnisse nicht unterschätzen, wie andere es tun, aber auch nicht zu viel von meiner Arbeit sprechen.

2. Es wäre schön, wenn du mich öfters anrufen würdest, nicht jeden Tag, aber doch hin und wieder, damit ich das Gefühl habe, du bist zu jeder Zeit erreichbar.

3. Ab und zu darf ich mir einen Ort aussuchen, an dem wir gemeinsam ein paar Stunden verbringen. Gewöhnlich bist du derjenige, der über unsere Aufenthaltsorte entscheidet, aber lass mich wenigstens einmal im Monat über einen Kinobesuch oder die Richtung unserer Spaziergänge selbst bestimmen.

4. Schau keinen fremden Frauen nach."

Leider habe ich diesen Zettel nie geschrieben. So kann Javier sich immer eine Maske aufsetzen und behaupten, dass er nicht genau weiß, womit er mich zufrieden stellen könnte. Sind meine Wünsche unbescheiden? Bin ich zu ausdrucksarm oder dumm? Manche Menschen lernen nur aus Tabellen; ich hätte vielleicht doch eine Tabelle hervorzaubern sollen mit ganz unmissverständlichen Spalten und Zeichen.

Ich erinnere mich an Mercedes, eine Vereinsvorsitzende, und ihre Gedanken, als sie mich zum ersten Mal sah: *„Heute hat sie sich vorgestellt, sie heißt Natalia, verheiratet und ohne Kinder. Cecilia hat sie empfohlen, aber Cecilia kennen wir auch noch nicht sehr lange. Diese Frau, die Neue... ist uns total fremd. Sie versucht, sich in unsere katalanische Gruppe einzunisten; sie fragt, wann wir uns wieder treffen könnten, scheint sehr neugierig, mit dem Abendprogramm zufrieden und überhaupt an unserem Kontakt interessiert zu sein. Wir müssen uns in Acht nehmen. Langsam, langsam, nicht zu schnell mit der Freundschaft!"*
„Aber Mercedes, warum? Warum diese plötzliche Zurückhaltung am Ende unseres schönen und warmen Gesprächs? Habe ich etwas Falsches getan?"
Mercedes, die vierzigjährige Gruppenleiterin aus Masnou, hörte mich natürlich nicht. Sie war gereizt und fast zornig in ihren Gedanken, an denen sie mit mechanischer Strenge und verbissenem Fleiß weiter laborierte: *„Sie glaubt, sie braucht bloß die Tür aufzumachen, herein zu marschieren und alle Barrieren sind schon überwunden. Sie bewegt sich hier zwischen uns so leicht und selbstverständlich, als wäre sie zu Hause. Sie benimmt sich unmöglich: Sie tut so unschuldig, locker, vertrauensselig, als hätten wir sie gerade eben adoptiert, und erwartet sich, von uns verwöhnt zu werden. Und dabei bist du uns ganz fremd. Wir haben nichts mit dir zu tun."*
„Warum?! Ich zittere fast vor Kälte, wenn ich deine unerwarteten Gedanken vernehme. Ich hatte mich von deinem gemütlichen Lächeln und deiner Public-Relations-Gutherzigkeit täuschen lassen. Doch du gehörst zu den verschlossenen Sippenmenschen, die das Fremde, Neue sofort verabscheuen und dem nie etwas Gutes abgewinnen können. Der Sippenmensch lebt nur für die seinigen, für Familie, Freunde und altjährige Vereinsmitglieder. Ihnen gegenüber verhält er sich sogar brüderlich und altruistisch, aber dem Fremden zeigt er die kalte Schulter, ohne Grund,

ohne jegliche Analyse der Persönlichkeit und der Umstände, nur so... Nur weil er gestern noch nicht in der Gruppe gewesen ist. Verzeih mir, dass ich gestern noch nicht bei euch war. Und jetzt darf ich nicht mehr herein, egal wie viel Mühe ich mir gebe. Du wirst meine Anrufe nur höflich entgegennehmen, aber keinen richtigen Kontakt entstehen lassen. Ich werde lediglich zu offiziellen Anlässen eingeladen, nur das bekommen, was der Fremde üblicherweise zum Schein bekommt, damit ein Verein bei multikulturellen Projekten nicht zu ungastlich aussieht. Der Fremde wird im Grunde abgewiesen, in die Wüste geschickt, dem Tode des Verhungerns und Verdurstens ausgeliefert. Ich wollte mich eigentlich durch Freundschaft von anderen Verlusten trösten, wie dem der Kindheit, der Jugend, des richtigen Berufes. Aber auch die Kameradschaft und Zusammengehörigkeit zu einer Gruppe sind besonders schwierig. Es ist gut so, Frau Sagarra, es macht mir keinen Spaß mehr hier zu sein."

So ungefähr dachte ich damals, obwohl meine heutigen Worte der Erinnerung bestimmt viel längere Zeit in Anspruch nehmen als es meine Gedanken damals taten. Diese geschahen in Sekundenschnelle wie eine Explosion oder eine Meereswelle, dauerten kaum länger als ein Seufzer.

Ich weiß noch, wie Mercedes und ihre Schwester Camila mich zur Tür begleiteten. Camila war noch mit Gedanken an ihr Patenkind und dessen belustigenden Lauten beschäftigt. Zerstreut dachte sie: *„Und der kleine Manuel hat zum ersten Mal meinen Namen ausgesprochen. Er ist himmlisch! Hoffentlich versteht sie, dass wir keinen großen Kontakt mit ihr wollen."*

Jetzt sitzen sie zusammen, Isabel und die Kinder. Javier hat ihnen die Weihnachtsgeschenke gegeben, aber ohne Weihnachtsbaum. Das ist schade. Doch sie sind auch keine richtige Familie. Ich fehle... Ich habe es absichtlich getan, damit sie keine richtige Familie werden können. Naja, sie vermissen mich auch nicht. Sie hat nie versucht, Kontakt mit mir aufzunehmen. Während sie da sitzen, alle vier, die Geschenke auspacken und Isabel sich neugierig umschaut, ob sie bestimmte Fehler und Kritikpunkte in der Wohnung entdecken kann, laufen viele Gedanken hin und her, die ich aber aus der Ferne nicht imstande bin zu sehen. Ich kann sie nur vermuten. Ich denke mit der Hälfte meines Gehirns an das, was Isabel denkt, Javier oder die kleinen Unbekannten, die mich noch nie gesehen haben. Ich bin nicht nur eine Sammlerin von wahren und selbst erlebten Gedanken, sondern ich sammle auch solche, die in meiner Fantasie Fuß gefasst haben. manchmal sind meine Vermutungen über die Gedanken der anderen genau so stark wie die überprüften, die ich während unserer Unterredungen lesen muss.

„Ich werde keinen langen Besuch machen. Ich treffe Pedro in der Stadt, und die Kinder bringen immer Ärger mit sich, wenn ich sie nicht früh genug ins Bett locke. Es sind leider sowieso nur erzwungene Minuten. Nichts in dieser Wohnung gehört mir... Ich empfinde mich nicht als eine richtige Tochter.“

Javier denkt wahrscheinlich: *„Ich hätte lieber ein hübsches Mädchen, eine Enkelin. Trotzdem bin ich stolz auf die zwei. Sie sind das einzige, was von mir noch bleiben wird. Sie sind beide brav und nett. Isabel sollte sie nicht ständig anschreien. Sie ist viel zu nervös, superwach, aggressiv, ungeduldig. Sie trinkt wahrscheinlich zu viel Kaffee. Sie erinnert mich an ihre Mutter. Die Kleinen würde ich gern mit in den Urlaub nehmen. Leider ist es aber nicht möglich daran zu denken. Meine Frau würde wütend sein, und es wäre sowieso ungewohnt für uns alle.“*

„Ich weiß, dass sie mich nicht sehen will. Es war eine Ausrede von Papa, dass sie gerade heute Überstunden zu arbeiten hat. Es ist besser so, ich will auch gar keine Gegenüberstellung und keine Fragen stellen.“

Die Enkel denken: *„Es ist komisch, so einen Opa zu haben, den man nur so selten sehen kann, und deshalb sind die Geschenke auch so selten.“*

Ich antworte automatisch zu meiner Selbstverteidigung: *„Das ist nicht meine Schuld. Er könnte euch öfters besuchen, wenn er nur wollte. Er ist zu bequem. Alles muss zu Hause stattfinden, er will sonst nicht. Warum kann es nicht in eurer Wohnung sein?“*

Ach, Natalia, hör auf zu denken, an das, was die anderen denken! In der Einsamkeit des Büros mache ich mich ja bloß hysterisch. Für diesen letzten Abschnitt, was die vierköpfige Familie in meiner Abwesendheit denkt, habe ich keine Garantie.

Ich war damals sechs. An jenem Morgen, kurz nachdem wir aus dem Haus kamen, dachte ich und sagte auch laut alarmiert: „Ich habe plötzlich bemerkt, dass ich keinen Schlüpfer anhabe. Beim Anziehen ist heute etwas Dummes passiert. Ich oder Mutti sind schuld. Ich hätte es sofort sehen sollen. Jetzt sind wir schon auf dem Weg zur Schule. Wie peinlich! Wir müssen schnell wieder zurück, jeder in der Schule würde sonst merken, dass ich keinen Schlüpfer trage."

Mein Vater lachte und dachte: *„Zeitverlust, wegen so einer Lappalie! Müssen wir jetzt wirklich wieder zurück, wo wir fast schon da sind? Keiner würde es sehen, dass sie unter dem Kleidchen nichts hat; man untersucht solche Dinge gerade in der Schule nicht. Aber trotzdem... Sie würde den ganzen Tag keine Ruhe finden und sich unbequem fühlen."*

Schon damals mit sechs hast du meinen Wunsch respektiert und wir sind nach Hause zurück gefahren. Ich schätze so sehr an dir, dass du nie versucht hast, meinen Willen zu brechen.

Josefina, eine meiner zahlreichen Lehrerinnen, dachte einmal, während sie böse in meinem Übungsheft blätterte: *„Hier hast du es, das ist meine kleine Rache. Es tut mir leid, aber du musst lernen, besser zu schreiben"*

Gewöhnlich konnte sie keine großartigen Gedanken an ihre Schüler verschwenden, denn sie hatte ja so viele. Aber einmal musste sie mir eine schlechte Note geben, deshalb dachte sie etwas intensiver an mich.

Ich erinnere mich plötzlich an Consuelos Gedanken gegen mich; Consuelo, die Tochter des Hausmeisters.

Nach einem für mich sehr anstrengenden Tag (ich hatte lange mit ihr über die Vorzüge einer gewissen medizinischen Zusatzversicherung gesprochen und versucht, sie als Kundin zu gewinnen), dachte sie ungnädig: *„Das ist viel zu teuer. Ich* *misstraue ihr und ihrer Beratung. Ich gehe doch lieber zu einem anderen."*

Zu meinem höchsten Ärger sagte sie aber mündlich beinahe zu, und gerade diese Inkonsequenz fand ich viel schlimmer, als wenn sie ihre Bedenken laut ausgesprochen hätte: „Ja, ja, bringen Sie die Unterlagen vorbei, wir machen das schon."

„Consuelo, so eine knauserige Person! Sie hat immer am falschen Ende gespart."

Ich imitiere auch unwillkürlich die Gedanken der anderen, ich folge den gedanklichen Mustern, die ich seit meiner Kindheit an den Menschen beobachtet habe. Genauso wie Josefina sich über mich ärgerte, weil ich trotz ihrer Mühe nicht genug gelernt hatte, erschien es mir nur gerecht, dass Consuelo, die mich fast eine Stunde vergeblich hatte zappeln und argumentieren lassen, in irgendeiner Form bestraft würde.

„Du bist selbst schuld daran, wenn du später krank wirst und nur die gewöhnliche, nicht sehr zu empfehlende Sozialversicherung hast."

Doch gab es neben den rachesüchtigen Mustern auch einige der strahlenden Liebe und Zärtlichkeit.

So dachte meine Mutter oft, besonders in den ersten Jahren, als ich noch klein war: *„Meine kleine Puppe, sie ist so zierlich, hilflos, mir gänzlich ausgeliefert! Ich möchte ihr das Beste der Welt und meine ganze, ungeteilte Aufmerksamkeit geben, damit sie sich schön und gesund weiter entwickelt."*

Ich imitierte den gleichen Gedanken, immer wenn ich Kleinkinder und besonders Babys mir anschaute. Und später, als ich Rafael, ein Patenkind aus der dominikanischen Republik, hatte, dachte ich oft mit warmer Anhänglichkeit an ihn; meist aber in Zusammenhang mit weiteren Themen wie der Zeitumstellung, dem Essen dort und der Schule: *„Wir haben sieben Stunden Zeitunterschied. Ich gehe schlafen, denn bei uns ist es schon Mitternacht; dabei ist es für ihn Spätnachmittags. Er ist von der Schule zurückgekehrt, hat schon zu Mittag gegessen und jetzt sitzt er an seinen Hausaufgaben oder spielt. Ob er das ganze Geld bekommt, das ich ihm geschickt habe? Oder wird es von den*

Organisationen und von seiner Familie aufgefressen? Ich müsste ihn irgendwann besuchen."

Ja, ich imitiere auch Javiers Gedanken über seine Enkelkinder und reproduziere teilweise sein schlechtes Gewissen, wobei meines in noch weitere Richtungen meiner Vergangenheit geht: *„Ich müsste auch das Grab meiner Großmutter besuchen. Wir alle in der Familie haben uns dünn gemacht und es sieht sehr ungepflegt aus. Wie kann man die eigenen Toten so unverschämt vergessen? Was denken die Besitzer der anderen Gräber, die sich mehr um solche Dinge kümmern? Und was denkt die Großmutter? Ist sie uns böse? Oder hat sie Verständnis für unsere schnelllebige, dumme Oberflächlichkeit?"*

Hin und wieder ahme ich aus der Ferne Javiers Gedanken nach; er denkt an Frauen und so denke ich auch an Männer: *„Esteban Cuadras - anonym nennt er sich ‚der Flieger' - sagt, er will mich unbedingt treffen, mich kennen lernen. Sechs Monate mit Kontakt nur per Internet reichen uns schon. Ich möchte aber das Treffen so weit wie möglich herauszögern. Schriftliche oder telefonische Mitteilungen sind für mich das Beste, weil ich dann keine Gedanken zu lesen brauche. Sobald ich ihn sehen werde, werde ich enttäuscht."*

Tatsächlich war es so. Esteban dachte, als wir uns endlich in einem Café kennen lernten: *„Ich glaube, sie ist nicht mehr die Jüngste, sie hat mich angelogen in Bezug auf ihr Alter. Und sie hat so falsch, so ohne jede Vernunft geparkt... Ja, das ist ihr Auto; ich habe sie daraus aussteigen sehen. Wenn sie immer so parkt, dann bekommt sie ständig Strafzettel und viel Ärger im Leben. Ich möchte wirklich nicht viel mit ihr zu tun haben. Ein sehr teures Kleid hat sie an, sie gehört bestimmt zu der Art Frau, die viel für sich ausgibt. Sie sieht etwas dicker aus als auf dem Foto. Auch ihre Stimme klingt nicht so toll."*

Dabei, während er nur an meine Unvollkommenheiten dachte, sagte er mit leidenschaftlicher, hochgeputschter Ritterlichkeit, fast Verliebtheit: „Endlich, endlich sehen wir uns. Ich habe mir oft den Augenblick ausgemalt, in dem du vor mir stehen würdest."

46

„Du Lügner! Ich bin doch nicht das Wahre für dich, sag' es ruhig. Es ekelt mich an, dass du etwas ganz anderes sagst, als du denkst. Warum steht man nicht tapfer und konsequent zu den eigenen Gedanken? Und wenn es nicht geht, weil Ehrlichkeit nicht so beliebt ist, dann sollte man wenigstens nicht mit so einem übertriebenen Eifer das Gegenteil behaupten. Hattest du auch solche Gedanken, als du so interessante Gespräche im Internet mit mir führtest?"

„Sie steht nur da, schweigsam, und schaut mich an. Sie ist sehr fade, sagt viel zu wenig. Per E-Mail hat sie mir viel besser gefallen, da war sie witzig und ungehemmt."

Wenn ich versuche, mich an Gedanken zu erinnern, ertappe ich mich dabei, meine eigenen zu verfälschen, denn ich übertrage unwillkürlich meine jetzigen Gedanken auf die damalige Situation. Nein, ich weiß kaum noch, was ich damals vor drei Monaten gedacht habe. Es waren eher seine Gedanken, die meine Aufmerksamkeit voll beanspruchten, und ich war zu sehr damit beschäftigt, seine zu lesen, als dass ich noch Zeit gefunden hätte, ihn gedanklich zu beschimpfen. Ich dachte nicht: „Schäm dich" oder „Du hast mich enttäuscht", sondern ich verfolgte nur den Rhythmus seiner Bilder und verurteilte seine heuchlerische Art instinktiv.

„Was sollen wir jetzt tun, Esteban?", fragte ich schwach.

„Wir trinken etwas in diesem gemütlichen Lokal. Freust du dich auch, dass wir uns endlich sehen können?"

„Natürlich, ich war sehr gespannt auf unser Rendezvous."

„Wird er jetzt mich küssen und umarmen wollen, auch wenn er mich nicht mag?"

Eine Umarmung war es schon, zumindest drückte er seinen Körper gegen den meinen, wie um festzustellen, ob ihm meine überflüssigen Pfunde sehr widerstrebten oder ob er damit zurecht kommen könnte...

Er hatte mir einmal geschrieben, er könne übergewichtige Menschen nicht leiden. Doch ich war nicht übergewichtig. Völlig abgeneigt war er nicht, mich weiter zu drücken. Seine beiden Hände umfassten die Linie meiner Hüften mit hartnäckigen Bewegungen wie in einer Massage und dann kreisten sie nach vorne, als wollte er die genaue Größe meiner

Brüste und meines Bauchs mit der Präzision eines Forschers abmessen.

Er dachte zynisch und zerstreut: *„Ein wenig Spaß kann man trotzdem haben, auch wenn ich halb unzufrieden bin. Wir haben schon genug Zeit an das Warten und an unsere unergiebige und verrückte Korrespondenz verschwendet. Es ist höchste Zeit, dass wir etwas von dieser Beziehung haben, wenigstens ein paar Minuten Lust."*

„Fällt dir nichts Schöneres ein? Es befriedigt mich nicht, was du da denkst. Mir scheint es ein Missverhältnis, ein Widerspruch zu sein. Bisher bestand noch eine Art Magie in unseren Tausenden von Worten im Internet, die wir uns Monate lang zugeflüstert haben. Und jetzt soll das alles nur für ‚ein paar Minuten Lust' gut sein? Ein triviales, aber schwer verdauliches Abenteuer?"

So etwas Ähnliches dachte ich damals, oder denke ich jetzt im Nachhinein. Die Zeitebenen vermischen sich sehr stark und die Erinnerungen sind verschwommen, immer mit Splittern von heutigen Erfahrungen vermischt.

Seine kühle Unzufriedenheit verletzte mich, glaube ich, obwohl seine Gedanken nicht viel schlimmer als die meines Mannes waren. Doch mit Javiers Gedanken habe ich schon umzugehen gelernt; bei dem Fremden ist alles viel gravierender, ohne Milderungsumstände. Bei Javier sehe ich noch hin und wieder ein paar Liebesgedanken: *„Die Arme tut mir leid! Ich muss es ihr schonend beibringen. Ich mag ihr Lächeln, wenn sie entspannt und gut gelaunt ist. Und sie ist noch so voll von Liebe zu mir! Das fühle ich mit Stolz. Über eines bin ich mir sicher: Nur mit ihr und mit keiner anderen Frau kann ich leben; alles andere ist oberflächlich."*

Aber eine solche Anbetung kann ich bei dem Neuen nicht entdecken. Er dachte: *„Dieser platonische Quatsch vom Internet! Nur das Internet ist heutzutage imstande, uns tugendhaft zu machen. Wie lange schon haben wir uns geschrieben? Bestimmt ein halbes Jahr! Und alles für nichts und wieder nichts... Es ist nicht mehr zum Aushalten, nur am Anfang ‚a bit of fun'. Jetzt steht sie vor mir, körperlich, in*

Fleisch und Blut. Ich kann mir diese Gelegenheit nicht entgehen lassen."

„Ach, ich sollte wie der Tuganov im Roman blind werden und somit nicht weiter gezwungen sein, Ärgerliches und Trauriges zu sehen! Nur mit geschlossenen Augen könnte Sex mit ihm vielleicht noch einen Reiz haben. Im Dunklen wäre es vielleicht möglich. Aber wenn er plötzlich das Licht anmacht und sein Denken sich mir wieder zeigt..."

Er sagte kategorisch: „Jetzt sind wir nicht mehr Worte, sondern Fleisch. Willst du nach dem Kaffeetrinken mit mir zusammen sein?"

„Wo soll es denn geschehen?"

„Hier. Wir brauchen keine langen Wege zu machen, bloß ein paar Stufen. Auf der ersten Etage vom Cafe, dort wo die Toiletten sind, ist auch ein Büro. Ich arbeite gelegentlich dort für den Cafebesitzer als Buchhalter und kenne den Raum ganz gut. Da ist viel Platz und eine gute Heizungstemperatur, wenn wir uns ausziehen."

„Sich in einem Büro ausziehen! Wie unromantisch! Und alles schon geplant, alles praktisch, rational und nahe, bloß weil man keine Zeit mehr an die Beziehung verschwenden will, weil man schon zu viele Worte gesprochen hat."

Ich sagte: „Ich hätte lieber ein schönes Hotel oder dein Apartment."

„Warum? Hier ist eine Couch und sogar ein Kühlschrank mit Getränken; eine Stereoanlage, falls du großen Wert auf Musik legst."

„Ich würde lieber zuerst durch den Wald spazieren gehen, zum Tanz oder zu einem gemütlichen Restaurant zum Abendessen bei Kerzenlicht."

„Diese wählerische Person! Sie macht alles zu kompliziert und schwer. Und es lohnt sich ja kaum. Vielleicht sollte ich mich lieber selbst befriedigen, dann brauche ich sie nicht mehr."

Als Antwort auf seinen Gedanken kam meiner grob und heftig wie ein schneidender Giftpfeil: *„Ja, du darfst es mit deinem eigenen Körper machen. Befriedige dich. Onanie war immer die Lösung für viele, ein wohlvertrautes Hilfsmittel. Ich aber* *brauche es nicht so eilig. Diese Schnelligkeit verdirbt mir jeden Spaß."*

„Sehr ärgerlich ist es, dass ich meinen Freunden schon über meine Internetliebe erzählt habe. Wenn ich ihnen jetzt sage, dass wir uns bloß getroffen haben und dass nichts passiert ist, dann werden sie sich über meine Naivität von so vielen Monaten tot lachen. Man wird heutzutage praktisch zur Kopulation gezwungen, wie damals zur Keuschheit und Reserve, so erzählen es meine Eltern. Auf jeden Fall kann ich nicht vor meinen Freunden als der Dumme erscheinen. Bevor ich mit diesem Kontakt definitiv aufhöre, müsste ich wenigstens etwas davon haben, ihren Körper."

„Unglaublich, mir kommt es wie eine Abschiedsfeier mit einer Leiche vor. Du willst mich nur als Abschiedsfeier besitzen? Ich empfinde es als sinnlos und geschmacklos."

Er sagte entgegenkommend, aber gleichzeitig pikiert und distanziert: „Natürlich können wir einen kleinen Ausflug machen, aber genauso gut könnten wir es danach tun."

„Wonach?"

Ich wollte ihn einfach provozieren und ihn das Tabuwort der Geschlechtlichkeit ohne weiteres sprechen lassen. Wie heißt es in den verschiedenen Sprachen? Es hat immer ein besonderes Wort dafür gegeben, das Schüler, Touristen und andere Gruppen im Vorgeschmack verbotener Dinge als erstes lernen wollen.

Er grinste und lehnte jede weitere verbale Verständigung mit mir ab, während seine Hand sich auf meiner rechten Brust spielerisch hin und her bewegte.

„Schlingel, Spitzbube, böser Junge! Was sagt man dazu? Du hast nur Sex im Kopf. Es wird kein ‚danach' geben, wenn du deine Internetliebe so opferst. Wirst du an eine andere Frau schreiben, die dir beim persönlichen Kennenlernen auch missfallen wird?"

Obwohl Esteban nicht besonders sensibel auf meine Reaktionen war, merkte er schon, dass mir seine Zärtlichkeiten nicht gefielen. Er murmelte trocken: „Warum schaust du so ernst aus? Ich habe dir nichts Schlechtes gesagt."

Nein, gesagt hat er es nicht, nur gedacht. Aber natürlich konnte er nicht ahnen, dass ich es wusste und ich konnte es ihm nicht erzählen. Er hätte mir sowieso nicht geglaubt, er hätte gesagt, dass meine übersinnlichen Wahrnehmungen nur in meiner eigenen Fantasie bestehen. Oder er hätte mich voller Hass als „Hexe" tituliert und mich auf den Scheiterhaufen werfen wollen, weil er seine Gedanken vor mir nicht verbergen konnte.

Er fragte etwas unsicher: „Habe ich dich vielleicht gekränkt? Oder dich belästigt? Du scheinst meine Nähe nicht zu mögen. Nach all dem, was wir uns geschrieben haben... Und ich meine, wir hatten schon Fotos ausgetauscht, du wusstest ungefähr, wie ich aussehe. Oder hattest du andere Vorstellungen?"

„Dein Aussehen ist in Ordnung, Esteban. Aber vielleicht ist es umgekehrt, ich entspreche deinen Vorstellungen nicht."

„Unsinn! Ich habe mich gar nicht beschwert."

„*Wie lange noch wird diese Komödie dauern? Im Grunde verzögere auch ich den Schluss. Es gefällt mir teilweise, dass er sich so sehr um mich bemüht, auch wenn es nur für die Dauer von ein paar Minuten ist. Der Mensch ist ambivalent. Auf der einen Seite reizt mich das Spiel, auf der anderen finde ich es abstoßend, doch nicht widerlich genug, als dass ich es sofort beenden will. Worauf warte ich noch?*"

„*Bist du vielleicht lesbisch? Wirklich nicht? Du reagierst kaum auf meine Impulse, du bist so passiv und reserviert. Das würde mir ja noch fehlen... Aber heutzutage weiß man gar nicht mehr, wie eine Frau empfindet.*"

„*Ich dachte, er wäre so sehr von unserer Zeit begeistert; jetzt stellt sich aber heraus, dass er auch unsere Zeit verflucht.*"

„Möchtest du, dass wir noch einen Kaffee trinken?"

Ich nickte.

„*Das bedeutet noch einen kleinen Aufschub. Wir verschieben auf einige Zeit die Entscheidung, ob wir am Ende doch... ins Büro mit der schönen Couch und der Stereoanlage gehen, um dort intim zu werden. Wir überlegen uns dann, ob wir zur gezielten Genussverzögerung und Steigerung des Leidenschaftsfiebers einen Ausflug unternehmen, oder ob wir* uns mangels Zuwilligung von meiner Seite am Kaffeetisch wortkarg und kalt verabschieden werden."

„Vielleicht sollte ich sie küssen. Sie mag es nicht, dass ich sie nur anfasse. Aber ich tue mich mit Küssen schwer, und ich finde es ziemlich unhygienisch, noch viel direkter und ungeschützter als alles andere. Außerdem scheint sie erkältet zu sein, sie hat gehustet und sich zweimal die Nase geputzt."

„Der heiße Kaffee wird mir gut tun, danach gehe ich gleich. Aber das sage ich ihm noch nicht. Ich möchte gern, dass er seine Zeit verschwendet. Meine kleine Rache. Wenn ich sehe, wie berechnend er ist und wie unschön seine Gedanken sind..."

Er bestellte die Kaffees mürrisch, und ich dachte an noch weitere Möglichkeiten, ihn zu ärgern.

„Ich könnte sagen, dass ich hungrig bin und ihn dann ganz lange warten lassen, bis ich alles in Ruhe aufgegessen habe. Ich kann ihm auch einfach sagen, dass ich meine Periode habe."

„Woran mag sie denken, dieser kleine Kopf? Sie hat ein schelmisches Lächeln, als würde sie irgendeinen Scherz mit mir planen. Andererseits hat sie manchmal ein leidendes Gesicht, als hätte sie plötzlich von jemandem eine Ohrfeige bekommen. Ich vermute, das ist alles seelisch bedingt. Sie schläft wenig und sehr schlecht, wie sie mir schon ein paar Mal geschrieben hat. Die Frage ist nur, ob dieser Kontakt wirklich so gut für mich ist. Schlaflosigkeit kann auch ansteckend sein."

Ich nahm mir ein Taschentuch und lachte dabei mit zügelloser Rachsucht: „Ich werde mir wieder die Nase putzen und so seine Hypochondrie steigern."

„Bist du erkältet, Natalia?"

„Ein wenig, glaube ich. Soll ich mich vielleicht etwas weiter von dir weg setzen?"

„Unsinn! Mein kleiner Neffe ist auch meistens erkältet. Aber das heißt nicht, dass man aus dem Grund die Nähe dieses Menschen aufgeben muss."

„Ich würde es tun, wenn ich nur könnte. Den kleinen Neffen Emilio würde ich am liebsten zum Teufel schicken."

„Was macht der gute Emilio übrigens? Hat er dir wieder einen Streich gespielt?"

Oft hatten wir in unseren E-Mails über ihn gesprochen, immer wenn uns der Stoff ausging oder wenn Esteban zu indiskrete Fragen über Javier und mich gestellt hatte.

Esteban sagte: „Ich bin nicht hierher gekommen, um über Emilio zu reden. Ich will auch nicht auf all das zurückgreifen, was wir in unseren E-Mails kommentiert haben. Ich habe keine Lust, all das zu zerkauen, was wir bisher geschrieben haben. Es gehört nicht mehr in die persönliche Ebene unseres jetzigen Treffens."

Und während er sprach, dachte er fast simultan über mich: *„Sie klammert sich daran und lässt nicht locker. Sie scheint mir wirklich altmodisch und sehr umständlich. Der Altersunterschied zwischen uns beiden ist bestimmt sehr groß. Natürlich, ich studiere noch, sie dagegen arbeitet und ist schon längst verheiratet. Küssen tue ich am liebsten nur 17- oder 18-jährige Mädchen. Guillermina war auch etwas älter als ich und wir hatten Schwierigkeiten, weil sie immer geküsst werden wollte. Sie war wie versessen darauf, und ich tue es nur in Ausnahmefällen."*

„Emilio ist ein gutes Thema, um ihn zu ärgern. Ich werde ihn jetzt fragen, wie alt er sei, ob 10 oder 12; ich habe es nicht so richtig in Erinnerung."

„Ich habe sehr gute Tabletten gegen Erkältung, Natalia. Wenn du willst, kann ich dir den Namen aufschreiben."

„Ja, das ist lieb von dir. Und du sagst, du magst mich ein bisschen? Was magst du am liebsten an mir?"

Er kam wieder näher und versuchte, meine Bluse aufzuknöpfen. Aber dann kam der Kellner mit den zwei Tassen Kaffee. Esteban räusperte sich verlegen und bezahlte schnell.

„Wenn er hier arbeitet und die Frauen immer nach einem Getränk ins Büro entführt, dann weiß das Personal wahrscheinlich schon Bescheid. Oder vielleicht nicht, vielleicht ist er neu hier."

„Weißt du schon das Ergebnis deiner letzten Klausuren?"

„Nein, noch nicht. Aber die Klausuren interessieren mich wenig im Moment."

„Es ist klar... Dein Ruf in der Gruppe, deine Kumpel, interessieren dich mehr; das sexuelle Versagen, das Gefühl eine Frau getroffen und bei ihr nichts erreicht zu haben."

Er fragt beinahe demütig: „Was sollen wir jetzt tun? Soll ich dich weiter streicheln? Der Kellner kommt nicht wieder, und keiner kann uns sehen."

Jetzt hätte ich ihm widersprechen und ihn für seine unschönen Gedanken bestrafen können. Andererseits war das Spiel reizvoll, noch ein letztes Mal seine Streicheleinheiten auf meinen Körper zu spüren und zu erleben, wie sich sein Begehren steigerte. Das Begehren verwandelt die Menschen auf eine seltsame Art und Weise. So eine fade Nichts-Beziehung ohne Inhalt - wie die unsere - scheint minutenlang eine gewisse Gestalt mit vielen offenen Möglichkeiten zur Auswahl anzunehmen, zum Beispiel Umarmungen, die entweder unterbrochen oder wiederholt und noch intensiver weiter geführt werden, bis die zwei Körper sich vielleicht nicht mehr voneinander loslösen können. Menschen, die an sich gleichgültig und uninteressiert aneinander vorbeigingen, werden durch das Begehren plötzlich wie krank vor Abhängigkeit gemacht. Wir empfinden ein Bedürfnis nach Nähe und Kontakt, vergessen unsere lauwarmen Vernunftsideen; wir lassen uns von den riesigen Wellen des sexuellen Interesses an einem Menschen treiben.

Es war wahrscheinlich so, dass er nur aus Eitelkeit und Begehren meine Nähe suchte. Er würde weiterhin Gefühle und Eindrücke negativer Art gegen mich sammeln, die er dann verwenden könnte, um unserer Beziehung den Schlusspunkt zu setzen. Aber gerade in jenem Augenblick war die superaktive, fröhliche und konstruktive Strömung des heißen Verlangens noch da, eine mächtige Leidenschaft anstelle der Gleichgültigkeit in seinem Verhalten.

Ich ließ mich noch ein letztes Mal von seiner Körperlichkeit schlucken. Er suchte wieder wie besessen nach meinen Brüsten, aber, um seine Handlung etwas zu beschönigen, küsste er meine Haare, die aus Versehen auf seine Schulter gefallen waren. Ich glaube, jeder Mensch hat ein Kernleitmotiv in seiner Erotik: Die einen küssen mehr, andere greifen sofort unter die Bluse oder die Hose. Esteban wollte meine Brüste unbedingt ganz entblößen und womöglich wild und verrückt daran lutschen, beißen, bis ich vor lauter Kitzelfolter und innerer Erschütterung zur Verlegenheit aller Fremden im Café schreien würde. Er merkte bereits, dass der Kontakt seiner Lippen und Zähne auf meine Brustwarze mich besonders erregte und wollte schon damit beginnen. Ich glaube, in jenem Augenblick dachte er wenig. Und auch ich dachte wenig. Ich konnte keine Gedanken lesen, da ich so sehr von meinen eigenen Empfindungen in Anspruch genommen wurde. Die Stunde der Liebesbewegungen ist sowieso die heilige Stunde, in der wir alle blind sind, jede Warnung vergessen und nichts mehr zu lesen brauchen.

Nur ganz aus der Ferne glaubte ich noch einen Schimmer seiner Gedanken und meiner eigenen wahrzunehmen.

„Ihr Alter hat keine Bedeutung. Ihre Sexualität gefällt mir."

„Ich will Schluss machen. Aber ich könnte ihn noch ein wenig festhalten."

„Julio hätte Spaß daran, Jacinto auch. Sie schien sehr streng, aber jetzt gibt sie nach."

„Wärme, Kitzeln. Ich sterbe vor Genuss..."

„Ihr Körper ist ein schönes musikalisches Instrument, sehr unterhaltsam für einen Mann. Wenn ich demnächst ihre Hüften, ihre Beine und ihre Füße anfassen werde, wird sie beinahe wie eine Glocke läuten; sie wird wie eine Gazelle oder eine Lärche quietschen, viele vermischte, nervöse, weiche und nasse Töne von sich geben, zitternde und verzögerte Töne, kaum hörbare Laute der Weiblichkeit wie eine versteckte Maus."

„Du bist ein Zyniker. Du quälst mich gerne; ich lasse mich gerne quälen."

„Ich werde darauf beißen, auf diese köstliche Frucht."

„Nein, bitte nicht! Das würde mir wehtun."

„Sei nicht so prüde. Die anderen achten gar nicht auf uns. Keine Peinlichkeit. Und ich kann dir vieles geben... Das ist nur der Anfang, gar nichts im Vergleich mit einer ganzen

Liebesnacht. Ich bin auch sehr erregt und will immer mehr von dir. Unmöglich jetzt aufzuhören, unmöglich eine Pause zu machen. Dein Körper ist eine unwiderstehliche Versuchung, dein Mund, deine Brüste. Öffne dich ohne weitere Schamgefühle ganz meiner Lust."

„Ja, ich gehorche dir. Ach, denke nicht so viel und handle."

Bei jedem stärker werdenden Biss auf meine Brust - während er lachte, weil er mein ständiges Kreischen hörte - schien er sich doch weiterhin mit Gedanken zu beschäftigen; obwohl diese mehr wie Blitze waren, wie einsilbige, unvollständige, ungrammatisch halbausgesprochene Worte.

„Ja, so... so... könnte dich aufessen, bin Kanni... Möchte deinen Bauch und andere Teile anfassen."

„Ich fühle mich unsicher, unwürdig. Immer meine Brustwarze in seinem Mund, immer seine Lippen und Zähne darauf, als wäre ich eine Likörpraline und hätte keine Festigkeit mehr, als würde ich mich in Flüssigkeit auflösen. Sie schmerzen schon, die beiden Brüste, vor lauter Gereiztheit."

„Kondom... Couch... Wir müssen bald ins Büro, sonst kann ich es nicht länger bei mir halten... Die kleine Hexe! Nun hat sie mich verhext, und vor ein paar Minuten mochte ich sie nicht so sehr."

„Wie lange soll es dauern, dieses Spiel? Jetzt versucht er eine neue Variante, an meinem Ohrläppchen und meinem Hals zu beißen, aber das gefällt mir weniger. Diese Überreizung ärgert mich und scheint mir langweilig, einmal ich schon meinen kleinen Orgasmus gehabt habe. Doch kann ich ihm jetzt schlecht sagen: ‚Lass mich. Bei mir ist es schon vorbei. Nach einem Orgasmus ist alles nicht mehr so verklärt und voller Nebel, sondern superdeutlich lustlos.' Aber warum eigentlich nicht? Er würde das gleiche mit mir tun."

Am Ende ermüdete er von seiner unbequemen Haltung. Er hatte sich immer auf mich hingebeugt, und sein Arm, mit dem er mich die ganze Zeit gefangen hielt, wurde steif.

„Du kreischst und stöhnst nicht mehr?", fragte er entzaubert.

„Vielleicht brauchst du eine Pause. Wir machen im Büro weiter. Komm, wir sitzen schon zu lange hier."

Ich protestierte sanft und kühl: „Nein, ich muss nach Hause. Mein Mann, meine Mutter, mein Bruder und Amelia warten auf mich."

„Jetzt kommt das mit der Treue... Du willst deinen Mann nicht betrügen, nicht wahr? Du hättest bloß schon viel früher daran denken sollen. Was ist mit all diesen Monaten, in denen wir uns über Liebesvorstellungen so schön die Zeit vertrieben haben?"

„Er will mir ein schlechtes Gewissen einjagen. Aber die Untreue, wenn überhaupt, sollte sich wenigstens lohnen und mit einem Mann geschehen, der ein paar gute Gedanken an mich hätte. Wie zum Beispiel folgende: ‚Sie kann wunderbar Klavier spielen. Die Lackfarbe ihrer Fingernägel ist schön. Sie wäre eine sehr gute Mutter gewesen, hätte sie Kinder gehabt. Ihre ausdrucksvolle und anziehende Stimme beruhigt mich. Sie sitzt gerne auf einem Schaukelstuhl und blättert in Illustrierten, und ich beobachte gern aus der Nähe wie sie so ruhig sitzt, wie sie von ihrer Kindheit träumt.'"

Aber leider hat noch kein Mann so an mich gedacht; keiner hat, von meiner Attraktivität versklavt, vertraulich liebevoll und mit intimer Herzlichkeit die Bewegungen meiner Füße verfolgt und sich dem Blick meiner Augen entzückt ergeben, sich in sie vollends vertieft.

„Vielleicht doch. Javier, hin und wieder am Anfang."

Esteban dachte frustriert und erfroren, während er langsam seinen Arm von meiner Taille zurückzog: *„Es ist dumm, dass wir es nicht ganz bis zum Ende ausprobieren. Es ist lächerlich und ein Zeitverlust. Eine neue Internetliebe finde ich natürlich schnell wieder, aber nächstes Mal lasse ich mich nicht so lange belügen und missbrauchen. Es ist schade, dass sie nicht raucht; dann könnte ich ihr eine Zigarette anbieten und wir würden uns über Stierkämpfe oder über Fidel Castro unterhalten. Sie wollte immer etwas mehr über Kuba erfahren, wo ich schon ein paar Mal gewesen bin. Ihr Atem riecht nach einer langen Diät, wahrscheinlich hat sie heute gar nicht gegessen. Der Kaffeeduft hat das etwas gemildert, aber trotzdem... Ich möchte ihr keinen Kuss geben."*

Und jetzt bin ich hier im Büro, aber nicht in Estebans, sondern in meinen jungfräulichen vier Wänden, die nur nach Papier und Computer riechen. Kein Abenteuer, keine Kondome, auch keine Blumen, nur ich selbst... während ich auf Javiers Anruf warte, bis Isabel und die Kinder die Wohnung verlassen haben und ich von meinem Exil zurückkehren darf. Dieser Betrieb, wo ich jetzt nicht arbeite, sondern meditiere, ist im Grunde wie ein verlassenes Kloster. Nicht einmal die Gedanken der Mönche oder Nonnen brauche ich zu entziffern. Das bringt mir eine gewisse Erleichterung wie die Stille in der Natur, wo keine Gedanken mehr zu lesen sind, denn wir haben schon in der Schule gelernt, dass weder Steine, noch Bäume, noch Tiere denken können. Ich schütze mich vor so vielen Gedanken in diesem Kloster der Maschinen, der Computer, Kopierer, der Scanner und Aktenvernichter.

Aber immer so zu leben wäre natürlich langweilig. Ich liebe auf der einen Seite die Verstellungsstrategien der Menschen. Ich bewundere diese Doppelgleisigkeit, die wir alle haben, zwischen dem Gesagten und dem Gedachten.

Cecilia dachte einmal etwas Schönes über mich: *„Ich wünschte, ich könnte so gut stricken und Kreuzworträtsel lösen wie sie. Und ich wünschte, ich hätte meinen Geburtstag auch im April, das heißt, im Frühling, wenn alles blüht. Ich beneide sie, auch weil ihre Mutter noch lebt und weil sie geheiratet hat."*
„Ach, Cecilia! Was habe ich davon, dass mein Geburtstag jedes Jahr im April kommt? Das mit dem Frühling ist nur eine Täuschung. Als ich 19 war, hast du mich vielleicht mit Recht beneidet, aber jetzt nicht mehr. Und du kannst doch so vieles, was ich nicht kann, wie singen, kochen, schwimmen, viel mit Männern lachen... Ist das vielleicht der Grund, warum wir uns jetzt nicht mehr sehen? Unser gegenseitiger Neid?"
Esperanza war auch eine Zeit lang sehr neidisch auf mich, weil ich in den ersten Jahren meiner Ehe eine besondere, euphorisch religiöse Phase hatte, in der ich alles liebte, pries und mit zufriedenen Augen betrachtete. Sie schloss daraus, dass ich sehr gute Beziehungen zu Gott unterhielt und dass

mir aus dem Grund viele Vorteile zukommen würden. Sie war darüber erbost, weil sie selbst keine Geduld hatte, in die Kirche zu gehen oder zu Hause zu beten. Jedes Mal, wenn sie mich sah, dachte sie irritiert: *„Sie hat wahrscheinlich Gott bestochen, schmeichelt sich bei ihm ein und wird von ihm einiges bekommen: ein Haus, Reisen, Stipendien im Ausland."* Mit der Zeit hat sie gesehen, dass es nicht stimmt, und ihr Neid ist verflogen.

„Ja, ja, du irrst dich, Esperanza. Gott hat mir keine großartigen Reisen, keine besonderen Freunde und keinen glänzenden Palast der Liebe gegeben. Nur das... Dass ich die Gedanken der Menschen lesen kann. Aber so dankbar bin ich ihm dafür nicht. Stell dir vor...

Sogar beim Sterben, werde ich bis zu meiner Todesstunde die ganzen Gedanken der anderen lesen, bis zu meinem Ende... bis mein Körper und meine Seele sich trennen werden. Wahrscheinlich werden mich gerade diese vielen Gedanken zum Schluss ganz gewaltig verletzen. Sie werden leugnen, aus Pietätsgründen werden sie leugnen, dass ich so krank bin, wie beim Ivan Illich. Sie werden mich für verrückt erklären, wenn ich behaupte, dass ich bald meine Augen schließen werde. Sie werden nicht nur hinter meinem Rücken reden, sondern werden noch dazu - mit ihren Gesichtern an mein Gesicht geklebt - unverfroren und unbekümmert ihre Gedanken fortsetzen in dem Glauben, dass ich das Unausgesprochene nicht höre. Und alles werde ich wie unter einer Dusche aus Kugeln und Schrauben über mich ergehen lassen müssen. Ein warmes Bad mit Wasser und Seife ist nett und gut, macht einen sauber, fröhlich. Aber Schrauben, sollten sie auf meine Haut herunterfallen, können mir weh tun, mich stechen."

Auf der einen Seite werden sie mir sagen: „Die Gefahr ist bald vorbei. Morgen geht es dir besser."

Und gleichzeitig werden ihre Gedanken laut schreien: *„Meine Güte, sie sieht schon wie eine Leiche aus! Wie deprimierend! Und hoffentlich brauchen wir sie nicht lange Jahre zu pflegen. Denn dann geht unsere Geduld zu Ende."*

Und einige werden mir mit ermunternder Heuchelei sagen: „Liebe Natalia, übertreibe es nicht. So schlimm ist es doch nicht, nach dem was der Arzt berichtet."

Und in ihren Gedanken würden sie wie immer weitersprechen: *„Ich bin froh, dass ich jetzt nicht in diesem Bett liege, dass es für mich noch nicht soweit ist."*

Esperanza wäre zu solchen Gedanken besonders fähig und noch zu weiteren Terrorgebilden, die sie fluchtartig aus meinem Zimmer vertreiben würden.

„Ich habe Angst vor dem Tod. Am besten denke ich gar nicht mehr an Natalia. Ich kann sie mir nicht länger ansehen."

Aber wer weiß es? Vielleicht urteile ich zu hart, vielleicht würden gerade zum Anlass meines Todes die schönsten Gedanken entstehen, die ich in meinem ganzen Leben in den Menschen hervorgerufen habe:

„Wir verlieren sie bald ... Und dabei war sie so wertvoll!"

„Sie war eine gute Ehefrau, sie verdient den Himmel, und ich werde sie nie vergessen können."

„Ich bin ihr Vater. Ich habe sie immer geliebt und ihren Namen am besten ausgesprochen: Na-ta-lia, drei Silben; die anderen konnten es nicht so gut."

„Ich hätte mehr Zeit für sie haben sollen, jetzt kann ich nur an sie denken, und das tue ich, so oft wie möglich."

„Wir hätten unsere Freundschaft wieder aufnehmen sollen, wenigstens für die letzten Jahre, dann wären wir beide nicht so einsam gewesen."

Die Arbeitskollegen würden denken: *„Sie hat ein paar Fehler auf der Arbeit gemacht, hat sogar meinen Namen falsch buchstabiert. Aber man verzeiht es ihr, weil man weiß, dass sie bald stirbt."*

Antonio würde denken: *„Eine Schwester zu verlieren ist noch schlimmer als die eigene Ehefrau. Aber das werde ich Esperanza natürlich nicht sagen. Sie wäre ja tödlich eifersüchtig."*

Esteban würde denken: *„Wenn ich gewusst hätte, dass sie heute stirbt, hätte ich ihre Brüste nicht angefasst. Stattdessen hätte ich sie sehr respektvoll und feierlich gefragt, ob sie dieses oder jenes gelesen hat."*

Javier würde mit poetischer Nostalgie denken: *„Ein schönes Haus für die Ewigkeit ohne Ratten und ohne Schlangen möchte ich dir geben, mit Heizung für den Winter und breit angelegten Gärten für den Sommer."*

Und die junge, alte Mutter würde denken: *„Ich gebäre dich neu zum zweiten Mal, meine Tochter. Wir bringen dich in einen Brutkasten und dann kommst du wieder, neugeboren... Und dann machst du unser Leben wieder schön und voller Licht."*

Ach, so viele, viele Gedanken!

Aber warum gerade jetzt daran denken, wenn ich noch mitten im Leben bin?

„Tatsache ist, dass ich nicht das Gefühl habe, viel gebraucht zu werden. Jeder kann separat, ohne mich existieren, so mein Mann, mein Bruder, Eltern, meine ehemalige Freundin, die Stieftochter, Arbeitskollegen, der Internetliebhaber, Schulkameradinnen damals, mein Hausarzt, der Priester und sogar der unbekannte Gott. Wahrscheinlich fühlt man sich nur als Mutter oder Tierbesitzerin noch etwas gebraucht. Aber wenn man keine richtige Berufung hat, weil man nicht benötigt wird, warum sollte man dann immer nach Hause zurück? Warum darf man nicht einfach nicht mehr da sein, verschwinden?"

Es ist eine sehr ernste Angelegenheit, die sich mir gedanklich eröffnet... Warum warte ich überhaupt auf Javiers Anruf, damit ich dieses Büro verlasse und in meinem Schlafzimmer wieder als die siegreiche Königin des alten Gemachs ins paradiesische Zuhause zurückkommen kann?

„Du hättest eine viel bessere Verwendung deiner Begabung anstreben sollen. Das mit dem Gedankenlesen hast du wirklich kläglich vernachlässigt. Und es hätte dir viel Ruhm und praktischen Erfolg bringen können. Wie kann man so dumm sein?"

Ich frage mich jetzt zum ersten Mal, wer in meinen Gedanken gesprochen hat. Vermutlich ich selbst. Wenn ich nicht genau weiß, wer in meinem Innern spricht, dann komme ich wieder zu dem Ergebnis, dass Ich das bin, auch wenn ich mich selbst als Du, Sie, Er... Ich oder Wir anrede.

Ich hätte auch einen Seher, einen Gedankenleser suchen sollen; dann hätten wir uns verbunden und zusammen die ganze Welt erobern können. Ja... Wer sagt mir eigentlich, dass ich die einzige bin? Ich hätte mir mehr Mühe geben sollen, jemanden zu finden, der meinesgleichen wäre, der sofort meine Gedanken erraten und mit mir besprochen hätte. Stattdessen habe ich mich immer in dieser kleinen Welt der Mittelmäßigkeit fangen lassen, in einem engen Horizont ohne Buddhas, ohne Christus, ohne Yogis und übersinnliche Größen von weiteren Dimensionen. Ich habe immer mit kleinen Würmern gelebt, mit Käfern, Fußbodensklaven, und ohne den Luxus der Weite und der Sterne.

Es hört sich hochmütig an. Aber es ist der Hochmut einer verpassten Spiritualität, ein versäumtes Nachdenken auf einer höheren Ebene. Ich bekam irgendwie eine Begabung, der ich nicht entsprochen habe, weder materiell, noch geistig gesehen. Wenn ich eine richtige Geschäftsfrau gewesen wäre, hätte ich es verstanden, Kapital daraus zu schlagen. Ich hätte zum Beispiel für die CIA arbeiten können und dem Feind Staatsgeheimnisse entlockt, da keiner in der Lage ist, Gedanken vor mir zu verstecken. Aus meinen Kenntnissen, meinem Vorwissen über einflussreiche und hohe Persönlichkeiten, hätte ich Millionen verdienen können. Stattdessen bin ich eine arme, unbedeutende Versicherungsangestellte geblieben. Das ist, was das Materielle betrifft, und geistig gesehen... Ich hätte die Gründerin einer religiösen Gemeinschaft werden können. Ich hätte ihnen allen mitgeteilt, was ich weiß, wie ein Tonträger, der im Geheimen Aufnahmen gemacht hat und jeden der Gedanken, Bilder und inneren Monologe aufzeichnet.

Alle hätten mich respektiert, sogar meine Macht gefürchtet, mich als Priesterin der Wahrheit und kompromittierende Zeugin der Weisheit angesehen. Und stattdessen bin ich jetzt eine demütige, besitzlose Person und eine Exilierte in einem fremden Büro, und ich traue mir gar nicht zu, den Menschen zu sagen, wie viel ich weiß...

Ich hätte schon von Anfang an, als kleines Kind, unter der schweren Last meiner Begabung nach Gott suchen sollen und ihn ständig fragen, warum er gerade mich ausgesucht hat, den Gedankenschatz oder den Gedankenmüll der anderen als Nachhall ihrer Stimmen in mir aufzunehmen? Stattdessen habe ich wie ein normales Durchschnittskind ohne Mysterien leben wollen.

Ich habe alles der Mittelmäßigkeit geopfert, wahrscheinlich einfach aus Angst, in eine Irrenanstalt eingesperrt oder irgendwie anders missbraucht zu werden, als kleines Monstrum in einem Gefängnis zu sitzen und am Rande der Gesellschaft zu leben, oder umgekehrt, ganz im Mittelpunkt von gesellschaftlichen Intrigen und ehrgeizigen Manipulationen zu stehen. Ich habe mich mit dem begnügt, was leichter zu sein schien, mit den dummen, verbitterten Gedanken Esperanzas über vergiftete Speisen, Javiers über Frauenkörper, Mutters beschränkte Klischees über äußere Schönheit, Isabels eventuelle Erbschaftsansprüche, Estebans stöhnendes, kurzlebiges aber erschütterndes Begehren... Die Entfremdung, der Neid, die Kritik der anderen waren mir genug. Überhaupt, von allen Seiten waren es keine echten und tiefen Gefühle, die man hätte fotografieren wollen, um sie zu verewigen. Ja, ich werfe es mir vor, dass ich trotz meiner privilegierten Lage weder nach Gott noch nach überlegenen Geisterkonstellationen gesucht habe.

Aber wie geht man vor, um so etwas zu finden? Wie kann man vor dem flüchten, was einen ununterbrochen und ohne Veränderungsaussichten seit eh und je umgibt?

Die Gedanken meines Beichtvaters, als ich jünger war und noch zur Beichte ging, waren auch nicht besser, als die der anderen Menschen. Wonach sollte ich mich dann richten? Im Alleingang zu arbeiten fällt einem schwer. Ich habe nie einen Gedankenleser wie mich selbst treffen können, und deshalb habe ich keine Möglichkeit gehabt, mich zu befreien, mich mit jemandem auszutauschen. Ich war schon froh, wenn ich nicht auffiel und wegen meiner so seltsamen Veranlagung nicht bestraft wurde. Gott, was hätte ich tun sollen?

„Aber irgendetwas läuft mit mir falsch. Vielleicht liegt es weniger an der Qualität der Gedanken, die ich überall lese, als

an meiner eigenen Art, sie zu sammeln. Meine eigene Einteilung des Gelesenen, mein Fazit, meine Zusätze, das ist, was daneben läuft. Aber da haben wir es wieder: Warum wurde ich, gerade ich ausgesucht, die ich alles so verkehrt und unproduktiv einteile und ordne, sodass es am Ende keinen Sinn macht, so viel und so tief gesehen zu haben?"

Das Telefon klingelt. Javier sagt ausdruckslos: „Isabel und die Kinder sind weg."
Da ich nur mit ihm über Telefon rede, weiß ich nicht genau, ob er Trauer oder Erleichterung empfindet, dass der Besuch schon vorbei ist. Ich will nicht allzu schnell auf sein Zeichen reagieren, das Zeichen für das Ende meines Exils; absichtlich verlangsame ich meine Bewegungen zum Aufbruch und warte noch ein paar Minuten in einem Nebelzustand von Halbheiten gefangen, mit einem unaussprechlichen Gefühl, als dürfte ich meine Meditationszeit nicht so unvermittelt, abrupt unterbrechen. Ich bin es mir schuldig, alles weiter zu vertiefen und zu betrachten. Ich schaue zerstreut auf die Stempeluhr. Heute wird nicht gestempelt, heute existiere ich nicht für die Arbeitsmaschine. Dann nehme ich meinen Mantel aus der Garderobe und ziehe ihn ohne Eile an, wie ein unentschlossener, vertrottelter Urlauber, der noch nichts Bestimmtes für den Tag geplant hat.

„Herr Pfarrer, Ich muss beichten, dass ich häufig neidisch auf meinen Bruder gewesen bin, weil er so selbstbewusst ist und so gut Auto fahren und vor allem parken kann; diese Technik des Parkens werde ich nie richtig beherrschen können, denn ich bin zu nervös und unsicher. Noch weitere Sünden habe ich begangen: Ich zweifle an der Liebe meiner Mutter... Ich tue zu wenig für meinen Vater... Mein Verlobter hat mich heute enttäuscht, weil er mir am Valentinstag keine Blumen gebracht hat."
Don Mauricio dachte wütend an seine eigenen Sorgen: „Diese lästigen Bettler! Ich habe sie schon ein paar Mal verscheucht, aber die kommen immer wieder, wie die Tauben. Es sind auch zu viele, meistens aus Marokko oder Lateinamerika und jetzt

auch noch aus dem ehemaligen Jugoslawien, aus Russland und Polen. Zwei oder drei Bettler in einer Kirche machen noch einen guten Eindruck, es gehört dazu. Aber so eine Masse ist schon übertrieben. Die Gemeinde fühlt sich nicht wohl dabei. Alle sind genervt, von meiner Predigt abgelenkt, und zum Schluss können sie nicht einmal mit Zufriedenheit beten. Außerdem... die Gläubigen haben keine Almosen mehr für unsere Spendenaktionen, wenn sie auch noch für die Bettler Münzen parat haben müssen."

„Warum denken Sie an etwas anderes, während ich beichte? Das ist nicht so schön von Ihnen. Warum hören Sie mir nicht zu?" So dachte ich damals.

Aber sagen, gesagt habe ich nur: „Ich bin feige, das ist auch eine meiner Sünden. Ich wollte gerne anfangen zu rauchen, aber weil alle behaupten, dass es so teuer und ungesund sei, habe ich es nicht getan. Gott habe ich vergessen und glaube kaum an seine Existenz. Meine zukünftige Schwägerin mag ich überhaupt nicht."

„Ich muss meiner Haushälterin sagen, dass sie sich nicht so sehr in mein Leben einmischen darf. Sie ist nicht meine Ehefrau und auch nicht meine Mutter. Sie hat heute sogar vor meiner Schwester geäußert, ich hätte zu viel Wein getrunken; dabei bin ich immer so bescheiden und bedürfnislos."

„Was haben Sie noch zu beichten, meine Tochter? Es scheint sie haben viele Sünden... Wir sind schon ein paar Minuten hier und ich muss zur Zelebrierung der Messe sofort weg. Machen wir es kurz, wenn es geht."

„Ich bin eifersüchtig auf die Frauen, an die Javier wahrscheinlich denkt."

„Das mit dem ‚wahrscheinlich' ist eine Lüge. Ich weiß doch, dass er an sie denkt. Aber wie kann ich es dem Priester sagen, dass ich Gedanken lesen kann? Wenn er keine Zeit für eine Beichte hat, dann sollte er lieber sein Amt niederlegen. Er sollte mir den ganzen Tag gönnen, wenn ich es brauche. Gerade das Spirituelle, meine Transzendenz... und die Last meiner Wünsche, Bedürfnisse und Verbote, die ganze Sprache der Seele, dürfte nicht zu kurz kommen und wie eine Rundfunksendung zeitlich begrenzt sein."

Ich war böse auf ihn und wollte ihm meine Meinung sagen, war aber von meinen eigenen Sünden in Anspruch genommen. Ich konnte wirklich nicht aufhören, immer weiter über Sünden zu reden, obwohl er schon ein paar Zeichen der Ungeduld gab.

„Es hätte ausdrücklich auf einem Schild stehen sollen, Herr Priester, die genaue Zeitangabe, wie viele Minuten Sie mir widmen können. Dann hätte ich wahrscheinlich gesagt, ich gehe gar nicht hin zur Beichte. Es lohnt sich nicht anzufangen, wenn man so viel zu erzählen hat und der Zuhörer sich nur beeilen will. Glauben Sie, dass Gott mir wirklich verzeiht? Hört er uns überhaupt zu? Sie als sein Vertreter hören mir kaum zu. Sie sind sehr gleichgültig, Sie sind zerstreut, zu sehr in Ihr eigenes Leben vertieft, die Bettler und Ihre Haushälterin."

„Valentinstag! Das Mädchen scheint einen Freund zu haben. Wie oft in der Woche machen sie Sex miteinander? Nimmt sie die Pille? Oder benutzen sie Kondome? Welche Liebesstellungen mögen sie praktizieren? Oral, anal... Sie scheint sehr leidenschaftlich zu sein, nach der Geschwindigkeit ihrer Worte zu urteilen, denn sie bewegt ihre Lippen sehr schnell beim Reden, womöglich, um Zeit zu gewinnen, mehr Wörter als normal zu produzieren und viele Sünden loszuwerden. Gut hören kann ich sie nicht, aber doch die Bewegungen ihrer Lippen sehen. Der Wein gestern Abend war köstlich."

„Die Gleichgültigkeit der Menschen ist schrecklich. Aber das sage ich nicht, das denke ich nur. Wissen Sie, was ich glaube? Man sagt schon, dass jedes Mal weniger gelesen wird. Aber es hat nicht so sehr damit zu tun, dass die Menschen zu viel fernsehen, am Computer spielen oder andere vielfältige Freizeitbeschäftigungen haben. Es ist eine Kälte und Distanz, die alles umfasst, und die Literatur ist nur ein Beispiel unter vielen. Jedes Mal hat man weniger Interesse an fiktiven Charakteren. Wofür soll ich ganze Romane über Menschen lesen, die mich gar nichts angehen, die ich gar nicht kenne? Schon die mir Bekannten interessieren mich wenig, und diese sind nur Papiergestalten aus der Fantasie eines Autors, den ich nicht kenne. So denken die meisten. Ja,

das ist bald das Ende der Literatur. Zuerst las man Romane, dann nur Kurzgeschichten... und man liest immer weniger, am Ende nur noch die Zeitung. Und das ist, weil das ganze Leben uns immer weniger interessiert. Sie interessieren sich auch nicht für mich, Don Mauricio. Wenn ich Ihnen erzählen würde, dass ich eine besondere Begabung von Gott erhalten habe... Sie würden mich wahrscheinlich für verrückt erklären und mich zum Psychiater schicken."

„Sünde... Sünde... Was für Sünden noch? Im Moment sagt sie nichts, ist nachdenklich geworden. Was ist mit ihr los? Über Sünden will ich hören, darauf habe ich mich spezialisiert. **A Sünden**. Sie kann sonst den Beichtstuhl verlassen. Dann könnte ich auch zur Toilette gehen. Ich habe es bitter nötig."

„So eine komische Begabung ist das... dass ich auch weiß, wann ein Mensch zur Toilette muss. Auch solche Gedanken lese ich. Gab mir das alles Gott? Oder der Böse? Es war auf jeden Fall ein Spaß des Diesseits und des Jenseits, denn alles häuft sich, das Körperliche und das Überkörperliche. Ich weiß auch, wann die Menschen das Bedürfnis haben, eine erotische Stunde zu erleben. Bei Cecilia, meiner Freundin, bei ihr habe ich es am meisten beobachtet. Einmal hat sie so getan, als wenn sie mir zuhören würde, aber die ganze Zeit hat sie nur an Eduardo, ihren Freund, gedacht und an all das, was sie zusammen im Bett entdeckt hatten. Ich bin überhaupt sehr misstrauisch und frustriert, wenn ich sehe, wie wenig Aufmerksamkeit mir die Menschen schenken."

„Sie sagen nichts mehr, meine Tochter? Das bedeutet, dass Sie sich schon alle Ihre Sünden überlegt haben. Aber sollten Sie womöglich irgendeine noch vergessen haben, ist es nicht so schlimm. Machen Sie sich keine Sorgen. Ich kenne Sie schon seit Ihrer Kindheit und weiß, dass es keine gravierenden Verstoße gegen Gottes Gebote sind. Beten Sie drei Paternoster und nehmen Sie sich vor, ein besserer Mensch zu sein."

„Aber Pater, ich habe immer das quälende Gefühl, noch eine Sünde begangen zu haben, die mir aus einer mir nicht verständlichen Amnesie entfallen ist. Deshalb bin ich nie ganz beruhigt, nie ganz im Einklang mit mir selbst."

„Kein Problem. Ich spreche eine allgemeine Absolution aus: Ego te absolvo.“

Ich lächelte boshaft. Oft hatte ich ihn soweit gehabt, dass er mir eine allgemeine Absolution erteilt hatte, weil ich seine Geduld strapazierte und er mir keine Zeit mehr widmen wollte.

„Soll ich ihm das eingestehen, dass ich ihn verärgern möchte. Meistens muss er zur Toilette, immer das gleiche! Wahrscheinlich leidet er an irgendwelcher chronischer Entzündung. Meistens denkt er an die Bettler und die Haushälterin. Alles wiederholt sich."

Aber jetzt bin ich nicht mehr in der Beichte, das war schon vor vielen Jahren. Jetzt bin ich im einsamen Büro, wo ich gar nicht arbeite, sondern meinen Mantel sehr langsam zuknöpfe, um zu gehen... Aber nicht so, wie wenn man die acht Stunden gearbeitet hat und endlich den Feierabend antritt, sondern wie eine Schattenfigur, die den heiligen Raum der Arbeit für andere Zwecke irgendwie missbraucht hat und jetzt Angst davor hat, dem Chef erklären zu müssen, warum er - oder sie - ohne Grund da war und noch dazu geweint hat, was man am Arbeitsplatz nie tun sollte, denn es ist ungeheuerlich absurd, das am Arbeitsplatz zu tun.

Während ich daran denke, entdecke ich plötzlich, dass ich tatsächlich weine. Wie dumm von mir, dort am Schreibtisch zu sitzen, wo man gewöhnlich nur Akten durchblättern und bearbeiten darf; so zu sitzen, um ausschließlich nachzudenken.

Ich hätte wirklich zu einem Café oder irgendwo anders hingehen sollen und nicht zu dieser jetzt mit intimen und privaten Gedanken profanierten Arbeitsstelle. Jeder Ort, wie jedes Gespräch, hat seine bestimmten Zwangsabläufe, einen präfigurierten Kontext, den man nicht vergessen darf. Bisher habe ich es nicht empfunden; nur jetzt beim Feierabend, weil es kein eigentlicher Feierabend ist, ich habe ja gar nicht gearbeitet. Und es ist ein komisches Gefühl, den Raum zu verlassen, ohne gearbeitet zu haben.

Aber warum die Tränen? Die ganzen Gedanken der Menschen und meine eigenen sind mir zu viel. Ich bin krank vor Überlastung. Gott hat es mit mir übertrieben. Er hätte mehr dosieren sollen, mich schonen, alles nur tropfenweise hinterlegen, sodass ich mich nicht an alles hätte erinnern müssen, was die anderen und ich gedacht haben.

Doch mein Gedächtnis ist so gut, so übermenschlich gut... Und noch eine Erinnerung kommt herbeigerast wie ein Blitz im Dunkeln: *„Ach, es tut weh, es tut weh! Was ist mit meiner Hand los? Meine Finger sind weg, wenigstens zwei meiner Finger sind weg."*

Die kleine Susana, die Patentochter Esperanzas, hatte sich die Finger in Antonios Autotür eingeklemmt. Ich hörte ihren Schrei und las ihren Schmerzensgedanken. Sie hatte auch Tränen in den Augen, genau die gleichen, die man weint, wenn man sich ungerecht behandelt fühlt, wie ich jetzt. Sie hatte es nicht erwartet, und umso schmerzhafter war es; sie hatte noch ihren Kaugummi im Mund und ihre Gedanken waren noch bei einer köstlichen, lustigen Fernsehfolge, die sie vor ein paar Minuten gesehen hatte. Sie antwortete auf den negativen Reiz des Schmerzes wie ein verletztes Tier, das unerwartet geschlachtet oder unter grauenvollen Bedingungen grundlos bestraft und ohne Nahrung in einem verdunkelten Raum eingesperrt wird.

„Woher kommt das? Ach, es tut weh!"

Nachher stellte sich heraus, dass es nicht so schlimm gewesen war. Man hatte rechtzeitig ihre Hand von der Tür befreit. Tagtäglich erlebt man solche Szenen mit Kindern, die schnellstens ihre Schmerzen vergessen und wieder spielen. Aber den ganzen Tag kam diese Szene in mein Gedächtnis zurück, und ich konnte mich nur schwer davon lösen. Als ich mit Cecilia zusammen zu unserem gemeinsamen Frauenarzt fuhr, konnte ich nicht umhin, ihr davon zu erzählen: „Die kleine Susana hat sich weh getan. Du hättest ihre Tränen sehen sollen. Die ganze Angelegenheit der Schöpfung ist mir rätselhaft: Warum immer leiden? Es fängt schon mit Kleinigkeiten an."

Cecilia fragte routinemäßig: „Liegt sie im Krankenhaus?"

„Nein, es war nicht nötig. Aber das arme Ding geht mir nicht aus dem Kopf."

Cecilia dachte: *„Eine neue Variante der Liebe... Zum ersten Mal habe ich mit Eduardo Oralsex gemacht. Am Anfang hat es mich abgestoßen, aber dann war es so aufregend, so unbeschreiblich intensiv..."*

„Ich verstehe schon, was du meinst, Natalia. Kinder sind so zart und schwach! Es war bestimmt ein Schreck für euch alle."

„Ja, ich fühlte mich hilflos. Teilweise ist es gut, dass Isabel nichts für mich empfindet und dass ich keine eigenen Kinder habe."

„Er hat mich beinahe gezwungen, denn am Anfang wollte ich ja gar nicht... aus Hemmungen und vor allem aus hygienischen Gründen nicht, auch wenn wir beide ständig baden und duschen. Es war mir sehr ungewohnt. Ich fühlte mich ‚nonplussed', ja, das Wort habe ich im Wörterbuch gefunden, und es passt so schön zur Situation! Dann aber hat es mir sehr gut gefallen. Ich habe gerne mitgemacht."

„Susanas Finger sind so dünn und winzig. Ich hatte Angst, dass sie zerbrechen könnten."

„Natürlich. Aber jetzt ist alles klar. Mach' dir keine Sorgen mehr."

Es war eine leichte, unterdrückte Irritation in ihrer Stimme zu spüren, weil sie viel lieber über ein ganz anderes Thema mit mir gesprochen hätte. Sie interessierte sich für meine Gefühle nicht. Sie tat nur so, als ob, täuschte Empathie vor, im Grunde widerwillig und nur solange es ihr gelang, sich mit einiger Grazie zu verstellen. Die Verstellung war ihr ein Bedürfnis, denn sie hätte gerne Schauspielerin werden wollen. Aber andererseits war ihr die Schauspielerei auf Dauer ärgerlich und langweilig, wie jemandem, der schwierige Rollen ohne Bezahlung spielen oder lange Texte umsonst in andere Sprachen übersetzen muss.

„Immer die ewige Leier ihrer hohen Sensibilität! Natalia möchte gerne psychologisch geschulte Freunde, die ihre Depressionen analysieren, loben und für hochqualifiziert halten. Doch was habe ich davon, dass ich mich immer so verständnisvoll zeige? Am liebsten möchte ich wieder mit Eduardo im Bett sein."

„Ach, diese Cecilia... Sie denkt immer an ihre Liebhaber und ihre Liebeskünste, und besonders heute noch mehr als sonst. Vielleicht ist sie gerade mehr darauf programmiert, weil wir eben zum Frauenarzt gehen. Letztes Mal war es auch so. Aber dann dachte sie nicht an Eduardo, sondern an den Arzt selber und an all das, was er von ihr bei der Untersuchung verlangen würde. Danach war sie sehr von ihm enttäuscht und pflegte zu sagen: ‚Warum gehen wir überhaupt zu ihm? Er ist so alt und ausdruckslos. Wir könnten uns wirklich einen anderen suchen.'"

„Eduardo behandelte mich gestern wie eine Sklavin, nein, nur am Anfang. Danach bin ich wieder seine Königin, die alles von ihm haben kann. Das heißt... vorausgesetzt, dass ich seinen Bedürfnissen entspreche. Gleichzeitig Königin und Sklavin... Aber in der Liebe geht es ja darum: Er entspricht meinen und ich seinen Wünschen, und wenn wir vereint sind, vergessen wir alles andere."

„Meine Güte! Warum habe ich eine Freundin, die mir gar nicht zuhört und sich nur mit den eigenen Gedanken beschäftigt? Aber wie immer muss ich weiter so tun, als würde ich ihre Gedanken nicht erraten, als glaubte ich, dass sie nur an meinen Schreck, an meine Gefühle und Susanas zarte Händchen denkt. Ich hasse diesen Zustand der Lüge, in dem wir alle gefangen sind."

„Eduardo! Ich bin wirklich süchtig nach ihm."

„Sie arbeitet sich immer mehr in das erotische Muster hinein. Am Ende wird sie nicht mehr imstande sein, mir auch nur dem Schein nach eine vernünftige Antwort zu geben. Vielleicht wird sie durch ihre überreizten Gedanken einen Orgasmus bekommen, während sie sich in der Frauenarztpraxis ausziehen muss."

Zum Schluss redete ich nicht mehr von der Kleinen, sondern irgendetwas von „einem zu starken Kaffee", den ich gekocht hätte, ich sei den ganzen Tag deshalb sehr nervös gewesen.

„Ja, du machst immer einen zu starken Kaffee", sagte sie kritisch.

Dann redeten wir über Autos, Illustrierte und über den mir bald bevorstehenden Besuch beim Zahnarzt.

Cecilia dachte: *„Ach, wie lästig, über all das sprechen zu müssen! Es ist mir total gleichgültig, was für Illustrierte sie heute gelesen hat. Und genauso wenig mache ich mir aus der Nachwirkung ihres Kaffees auf ihre Nerven oder aus ihrer Angst vor dem Zahnarzt, und ob sie Homöopathie für zu langsam oder besonders hilfreich hält... Was sagt sie jetzt? Jetzt redet sie über Telepathie, ob ich es für möglich halte, dass irgendwelche Menschen die Gedanken anderer lesen können... Ach, was! Eduardo, Eduardo, befreie mich von diesem blöden Alltag. Nur er hat die Begabung, mich in eine sinnliche Welt zu transportieren und mich alles andere vergessen zu machen.“*

Es ist nicht schön zu beobachten, wie jemand sich zu sehr auf einen anderen Menschen fixiert. Ich hoffe, dass ich nie so auf Javier fixiert war, dass ich wie Cecilia alles Übrige schamlos vernachlässigte. Unsinn, ich bin nicht besser als sie. Wie vermessen von mir zu glauben, dass meine Gedanken besser als die der anderen Menschen sind! Ich bin nur im Vorteil gegenüber den anderen, weil ich zu jeder Zeit ihre Gedanken kontrollieren kann, während sie keinen Einblick in den Mechanismus meiner inneren Bilder haben. Ich sollte an sich viel mehr als die anderen Menschen gelernt haben, da ich alle Waffen der Beobachtung und der Denkprozesse in meiner Hand halte. Ich sehe zum Beispiel, wie grauenvoll es ist, nur an Sex zu denken, oder wie die kleine Susana so sehr vom eigenen Schmerz beansprucht wird, dass kein Platz mehr für andere Empfindungen da ist. Die Despotie der eigenen Gedanken ist erschreckend.

Trotz meines täglichen Lernens - und ich lerne jetzt schon seit 47 Jahren - bleiben die Gedankenmuster überall unveränderlich. Ich sehe nicht, dass ich etwas daran ändern könnte. Ich werde wahrscheinlich nie imstande sein, harmonievoll, ausgeglichen, befreit und rhythmisch schön zu denken, das heißt, eine Auslese meiner besten Gedanken zu ermöglichen. Manchmal ändert sich etwas, eine Tendenz zeichnet sich ab; aber das bedeutet nicht, dass es qualitativ besser ist. Jetzt denke ich mehr an den Tod als vor ein paar Jahren, an einsame Landschaften, ans Meer und ans Gebirge.

Ich denke weniger an Javiers Frauen, denke mehr ans Internet oder meine Arbeitskollegen, denke weniger an Esperanza und Cecilia und dafür mehr an Susana und Javiers Enkelkinder, die ich gar nicht kenne. An Gott versuche ich manchmal zu denken; an einen energischen Geschäftsführer als Gott, der von einer Arbeitsbesprechung zur nächsten läuft, sehr beschäftigt; ein Gott, der auch am Computer sitzt oder Werbungsblätter über Fitnesskurse und Antirauchkampagnen verteilt.

So etwas chronisches und immer da gewesenes wie das Denken... Aber ich kann wirklich nicht behaupten, dass ich, durch Wiederholungen und ständige Beobachtungen der anderen, das Meditieren besser als am Anfang beherrsche. Ich kann es nur mangelhaft, nicht besser als Skilaufen, Fahrradfahren, Schwimmen oder Kochen. Meine Gedanken haben keine Perfektion, keine Veredelung und Vervollkommnung erreicht; sie sind so unbeholfen und ungeschickt wie meine ersten Silben im Denken.

Es ist gut, Cecilia, dass du meine Gedanken nicht durchschauen kannst, denn dann würdest du noch mehr Grund haben, meine Denkprozesse zu kritisieren.

„Ich würde ihr gerne Eduardo vorstellen. Solange meine Freundinnen ihn nicht kennen, habe ich das Gefühl, dass ich ihn nur erfunden, erträumt habe. Ich möchte viel von ihm reden, ihn vorbehaltlos zur Schau stellen, damit sie neidisch auf mich werden. Andererseits aber... Ich habe Angst, dass sie sich nicht verstehen werden oder dass er sie zu sehr faszinieren könnte. Oft ist es so, dass meine Freundinnen sich in die Männer verlieben, die ich ihnen vorstelle."

„Sei unbesorgt, ich will ja keinen Mann."

Aber stattdessen sagte ich: „Was meinst du, werden wir lange beim Frauenarzt warten müssen?"

„Na ja, lassen wir uns überraschen."

„Ich hätte vielleicht doch mein Strickzeug mitnehmen sollen. Es ist nicht mehr im Mode heutzutage, aber es zerstreut mich sehr."

Dabei dachte sie hartnäckig weiter: *„Ich bin bereit, alle Liebessituationen und Einfälle mit ihm auszuprobieren. Wäre es jetzt bloß schon Nacht und er bei mir!"*
Am Ende verlor ich die Geduld und sprach kaum noch mit ihr, denn... Was half das Reden, wenn sie gedanklich so weit weg von mir war?

Die vermischten Erinnerungen machen eine Pause.
Erinnerungen sind oft nur Zwerge ohne Kraft; sie verarmen bloß das Leben, ohne ihm die entsprechenden Kategorien zuzuschreiben, die ihm am besten angemessen und völlig adäquat wären.
Cecilia erinnert sich wohl hin und wieder an mich, aber falsch. Sie glaubt zum Beispiel nicht an meine Telepathie, doch ich weiß zu Genüge, dass sie existiert und mein eigentlicher, mir vorherbestimmter Weg ist. Manchmal sehe ich noch mehr als die Vergangenheit, nicht nur Erinnerungen, sondern hypothetische Szenen, die nicht stattgefunden haben, die aber im Kern latent da sind und die Problematik meiner Situation am treffendsten widerspiegeln. Es entsteht wie eine Vision in meinen Gehirnzellen, die permanente Bedrohung und Verantwortung, in der ich mich als die Leserin fremder Gedanken befinde. Es ist für mich eine schwere Last, all diese unbenutzte Macht zur Veränderung, die ich durch meine telepathischen Fähigkeiten besitze. Ja, durch meine Prophezeiungen hätte ich vielleicht etwas verändern, Schlimmes verhindern können. Mein Selbstvorwurf und gleichzeitig meine Selbstrechtfertigung folgten meistens in der Form einer Art Geschichte, die ich wie ein Märchenerzähler oft variierte, aber die letzten Endes nie vom Hauptinhalt abweichen konnte.

Ich bin auf einer großen Feier, der Geburtstagsparty einer Frau, die 60 geworden ist. Alle wollen ihr gratulieren, ihr Blumen überreichen und ihre Glückwünsche aussprechen. Es scheint, sie ist eine berühmte Dichterin, Sängerin und Malerin; alle Menschen halten etwas von ihr in der Hand, ein Buch mit ihrem Foto darauf, ein Gemälde, eine von ihr gesungene CD. Sie heißt Alexandra und ist sehr stolz auf ihren Ruhm. Ich lese ihre eitlen Gedanken, während ich sie zögernd und gedämpft grüße.

Sie denkt mit etwas Verachtung mir gegenüber: *„Wer ist diese unstabile und zitternde Frau in rot? Ich sehe sie zum ersten Mal, aber auch sie hat etwas von mir gekauft, deshalb muss ich nett zu ihr sein und lächeln."*

Ich denke neidisch und gequält: *„Wenn ich 60 werde, wird sich keiner an meinen Ruhm erinnern und mir eine Jubiläumsparty, eine Hommage zuteil werden lassen."*

„Diese Frau schaut mich nicht mit besonderer Sympathie an. Mag sie meine Zähne nicht? Dabei sind sie sehr schön. Und teuer waren sie, meine Zähne, alles Implantate der besten Qualität. Vielleicht mag sie meine Bilder nicht."

„Das Leben geht an mir vorbei. Bald werde ich auch 60. Aber dann reise ich weg, damit mich keiner finden kann, weder mein Mann, noch meine Stieftochter, noch meine Schwägerin."

Wir sprechen nur kurz, weil wir zu sehr in unsere Gedanken vertieft sind.

„Es ist schön, dass Sie alle Formen der Kunst beherrschen, Alexandra."

„Ja, das war immer so bei mir, schon als Kind. Ich kann auch tanzen, Gitarre spielen, Theaterstücke aufführen, Märchen erzählen, Eiskunstlauf praktizieren."

„Sie ist sehr intelligent und erstaunlich begabt. Nur Gedanken lesen kann sie nicht. Aber das nutzt mir ja auch wenig."

„Es kann sein, dass sie lesbisch ist, diese Natalie. Warum schaut sie mich so intensiv an? Was will sie von mir?"

„Ich wollte Sie fragen, warum Sie etwas von Ihrem Schmuck versteigern. Sehr schöne Ketten und Ringe habe ich gesehen."

„Ja, ich habe zu viel von dem Zeug. Ich möchte lieber Geld für ein bestimmtes künstlerisches Projekt als Austausch für meine Brillanten haben."

„Denken Sie womöglich an die verhungerten Kinder in Afrika? Wollen Sie an Ihrem Geburtstag eine Wohltätigkeitsveranstaltung organisieren?"

„Ja, das bewegt mich schon, der Hunger und die Armut... Aber ich möchte mit dem Geld eher eine Kunststiftung gründen, besonders für Opersänger und Maler im Gedenken an meine zwei Kinder, die leider schon gestorben sind."

„*Unglückliche Frau!*", denke ich mitleidsvoll. „*Ich habe sie eben beneidet... Dabei muss sie sehr stark gelitten haben.*"

„Eine Kunststiftung? Waren Ihre Kinder auch so begabt? Haben sie auch gemalt und gesungen?

„Ja, sie waren Wunderkinder wie ich. Meine ältere Tochter Tabea sparte schon viel Geld, um Künstler zu fördern. Es war ihr Traum. Julie war noch zu jung dafür, nur elf Jahre, aber sie hätte auch gerne mitgemacht. Das wird ihnen mehr Freude bereiten, als dass ich meinen Schmuck weiter behalte."

Ich finde keine Worte, um sie zu fragen, wie die beiden gestorben seien. Ich will schon mit so einem Satz beginnen: „Sind sie gleichzeitig von Ihnen gegangen? War es ein Unfall?"

Aber ihr nächster, kalter Gedanke durchbohrt mich wie ein Messer: „*Diese dumme Gans weiß nichts von mir und meinen politischen Absichten. Ich bin nicht nur eine harmlose oder arrogante Künstlerin, sondern eine Spionin und Terroristin; ich werde das ganze Geld in Waffen und Bomben investieren und bald werde ich mich als Selbstmordattentäterin in die Luft sprengen, meinem Leben so wie dem vieler anderer Menschen ein Ende setzen.*"

„*Nein, um Gottes willen... Ich glaube es nicht, Alexandra.*"

Aber ich spreche es nicht aus, und sie fragt mich daher auch nicht, was es ist, was ich nicht glaube.

Der Geschäftsmann, ein dicker, aber noch dynamischer Amerikaner, der ihr Liebhaber ist, ein Mr. Morgan mit Schwester und Nichte, kommt zu uns und umarmt kumpelhaft die gefährliche Terroristin.

„Hi, dear. Meine Nichte hat deinen letzten Roman erworben. Sie möchte gerne eine Widmung."

Der Mann hat keine Hemmungen. Jetzt ist seine Umarmung nicht mehr kameradschaftlich, sondern betont sexuell. Er drückt ihren Körper heftig gegen den seinen und küsst sie übertrieben lange auf den Mund, als wollte er vor uns allen seine Männlichkeit zur Schau stellen. Ich glaube, er hat zu viel getrunken. Er denkt: *„Ich bin auf dem Höhepunkt meiner Potenz. Alle bewundern uns als Paar. Heutzutage ist alles möglich, und sie mit 60 könnte noch ein Kind von mir bekommen."*

Die Nichte denkt schwärmerisch: *„Ich möchte auch irgendwann einen Roman schreiben."*

Alexandra denkt: *„Er hat meine Haare in Unordnung gebracht, und alle schauen nach uns. Ich mag es nicht. Aber er hat viel Geld, und er unterstützt unsere Pläne, auch wenn er nicht genau weiß, worum es sich handelt."*

Alexandra sagt zu der Nichte: „Ja, meine Widmung für Sie, liebe Frau Morgan, sofort bekommen Sie ein Autogramm von mir. Das heißt, wenn Ihr Onkel Richard seine Umarmung unterbricht."

„Das tue ich ungern, Alexandra. Du hast mich verhext mit deinen roten Haaren und deinem schönen Mund. Gestern las ich in der Zeitung, dass eine 64-jährige Dame dank der Fortschritte der Wissenschaft Mutter geworden ist."

„Ja, es gibt einige solcher Fälle", bestätige ich außer Atem, während ich denke: *„Mein Gott! Sie führen so einen frivolen Dialog miteinander! Und dabei werden wir bald von einer Bombe bedroht. Doch ich weiß nicht genau, wann das sein wird. Vielleicht sind es noch Monate oder ein ganzes Jahr, bis sie es in Eingriff nimmt."*

Es ist ein Glück, dass sie meine Gedanken nicht hören kann, so unterdrückt sie ihre eigenen nicht.

„Wir wünschen dir einen sehr schönen Geburtstag, Alexandra", sagt Richards Schwester mit einem affektierten Lachen. „Seitdem ihr zusammen seid, hat sich mein Bruder sehr verjüngt."

Das Geburtstagskind denkt: *„Ich hasse die ganze Gesellschaft. Aber nur ein paar Wochen, und dann seid ihr alle nicht mehr da, dann kann ich euch alle töten."*

Geburtstagskinder sind manchmal gefährlich, wie Esperanza, die nie ihre Geschenke mag. Aber warum will Alexandra ein Attentat verüben? Was haben wir ihr getan? Ich würde sie am liebsten frontal ansprechen und sie von dieser Idee abbringen.

Aber ich kann ihr schlecht sagen, dass ich ihr düsteres Geheimnis kenne. Sie achtet ja gar nicht mehr auf mich, hat angenommen, dass unser Gespräch schon abgeschlossen ist. Und es gibt so viele Menschen, die Schlange stehen, um sie zu grüßen... Meine einzige Chance ist bereits vorbei.

Natürlich werde ich sie nie wieder besuchen. In ein paar Wochen werde ich nicht da sein, so dass ich selbst kein Opfer ihrer Bombe sein werde. Trotzdem fühle ich mich verantwortlich. Ich sollte doch etwas tun, um die hypothetischen Opfer zu retten.

Auch wenn sie mit anderen Menschen spricht, erreichen mich ihre Gedanken aus der Ferne wie starke Blitze bei einem furchterregenden, intensiven Gewitter.

Ein junger Mann tanzt mit mir und flüstert ein paar Worte in mein Ohr. Er scheint homosexuell zu sein, denn die ganze Zeit schaut er einem Herrn mit dunklem Anzug nach, der ihn unwiderstehlich fasziniert. Ich bin wie Luft, inexistent für meinen Tanzpartner, aber ich mache mir nichts daraus. Ich bin gleichgültig, völlig steif, voller Angst und nur auf Alexandras Bewegungen fixiert. Der junge Mann sagt: „Herr Professor Klarens wird eine Laudatio zu Ehren meiner Adoptivmutter sprechen."

„Ist Alexandra Ihre Adoptivmutter?"

„Ja. Sie hat viele Kinder adoptiert, im Ganzen 25. Aber ich bin der einzige Europäer. Alle anderen sind aus muslimischen Ländern oder aus China."

Ich denke plötzlich: *„Klischees... Die gelbe Gefahr. Arbeitet sie vielleicht für irgendeine kommunistische, chinesische Organisation?"*

„Ihre Mutter ist eine sehr interessante Frau. Aber was hat sie mit China zu tun?"

„Sie lebte lange Jahre dort. Und auch in Ägypten. Sie liebt die beiden Länder."

„Und Professor Klarens ist ein guter Freund der Familie?"

Er schaut immer noch weiter wie hypnotisiert auf seinen Idol und lächelt dabei verträumt, verliebt.

„Ja. Ich bin ihm vieles schuldig. Er ist Psychologe und hat mich vor einer Krise gerettet. Ich wäre sonst psychisch depressiv."

Ich denke: *„Kein Wunder, dass er etwas daneben ist, in so einem neurotischen Milieu... und nach dem Tod der Schwestern. Reichtum macht nicht immer glücklich. Es gibt so viele Leckereien hier, Austern, Muscheln, Pralinen und Champagner, aber ich habe keinen Hunger."*

Wir haben aufgehört zu tanzen und stehen in der Nähe vom reichlichen, auserlesenen Buffet, aber ich kann mich nicht entschließen, etwas zu essen. Wer hat mich überhaupt eingeladen? Ich kenne keinen Menschen hier.

Alexandra denkt verärgert, während sie mit einem Journalisten spricht: *„Er ist mir lästig. Ich habe keine Zeit, solche dumme Fragen zu beantworten."*

Ich denke: *„Wieso will sie sich in die Luft sprengen? Wir sind nicht in Palästina. Sie könnte die Bombe irgendwo absetzen und flüchten. Warum will sie unbedingt sterben? Sind denn ihr Ruhm und ihre ganzen Werke umsonst?"*

Professor Klarens denkt: *„Die Suppe ist unerträglich salzig. Man müsste sich wirklich bei der Küche beschweren. Hoffentlich vergesse ich ihren Geburtsnamen nicht. Sie hat nämlich einen sehr komplizierten Namen, unsere Alexandra."*

Mein früherer Tanzpartner denkt fieberhaft: *„Ich werde alles versuchen, damit wir wieder miteinander schlafen."*

Der Amerikaner denkt resolut: *„Ein wenig Whisky wird mir gut tun. Wer ist dieses hübsche Mädchen mit den dicken Hüften? Rubens, Rubens! Ach ja, sie ist eine Freundin meiner Nichte."*

Ich denke: *„Ich bin froh, dass ich noch keine 60 bin. Doch bald ist es soweit."*

Die Nichte des Amerikaners denkt: *„Gestern war ich erkältet. Heute habe ich Kopfschmerzen. Immer muss ein Teil meines Körpers in Unordnung sein, aber das kann man keinem mitteilen, und den Gestank in der U-Bahn heute Morgen... und meine Augenentzündung voriger Woche."*

Ein älterer Mann mit einem Gebiss, dass seine Stimme verformt und lächerlich klingen lässt, wie ein Wispern und Pfeifen, liest laut aus einer Zeitung vor; wahrscheinlich will er die Gruppe der um ihn Herumstehenden mit einer besonderen Nachricht beeindrucken.

„Gestern ereignete sich die Katastrophe. Drei maskierte Menschen traten herein und legten eine Bombe, die fast unmittelbar explodierte. Die Disco, die zum Tatzeitpunkt um 2 Uhr morgens mit über 300 Personen völlig überfüllt war, fiel sofort den Flammen zum Opfer. Als Folge der ungeheuerlichen Explosion war die Hälfte der Gäste tot, es gab viele Verletzte."

Die Gruppe wird unruhig. Einige schrumpfen vor Entsetzen und auch ich zittere an meinem Sitzplatz neben dem Buffet.

Die Freundin der Nichte denkt: *„Hoffentlich ist nicht mein Bruder dabei gewesen. Er treibt sich immer in Discos herum."*

„Ein Blutfass, unkenntlich zermatscht", schreit jemand, der aber sofort die Laune wechselt und ein melancholisches „Happy birthday" zu singen beginnt. „Wir wollen Alexandras Geburtstag nicht verderben."

Er ist Chinese, vermutlich einer der Adoptivsöhne.

Keiner scheint, mich zu beobachten. Ich gehe zum Buffet und hole mir etwas Kaffee und Erdbeerkuchen, um meine Übelkeit zu bekämpfen. So viele Gedanken und Handlungen auf einmal machen mich krank. Ist es mein leerer Magen? Oder die gemischten Stimmen der anderen und vor allem die des Alten mit seiner Zeitung?

Der Professor beginnt seine Rede.

„Unsere gute Alexandra Mansfield, geborene Levjatowski-Estrada, ist eine internationale Persönlichkeit: Sie hat polnische und argentinische Vorfahren, einen chinesischen Großvater und einen britischen Ehemann, der leider heute, an ihrem 60. Geburtstag, nicht hier sein kann, um mit zu feiern. Er ist aus Krankheitsgründen verhindert, und von hier aus wünschen wir ihm eine gute Besserung. Alexandra ist eine Wohltäterin der Menschheit, als Künstlerförderin und als Adoptivmutter vieler Kinder. Abgesehen davon hat sie selbst als Dichterin und Malerin einen Namen, sodass man nicht genau weiß, ob sie für ihre Wohltaten oder für ihre eigenen Werke unvergänglich im Gedächtnis der Menschen bleiben wird."

Alexandra denkt zynisch: *„Als Bombenlegerin, als Terroristin."*
Mir wäre beinahe die Kaffeetasse aus der Hand gefallen. Mit
aller Macht versuche ich, nur dem Professor zuzuhören.
„Sehr geschätzte Mrs. Mansfield, wir wünschen Ihnen einen
sehr schönen runden Geburtstag in Begleitung ihrer
zahlreichen Kinder und Freunde. Wir hoffen, dass wir in zehn
Jahren genauso schön ihren siebzigsten feiern können und
nach weiteren zehn Jahren ihren achtzigsten und so weiter."
Jemand fügt noch ein paar Worte hinzu. Es ist Alexandras
Sekretärin, eine ältere, zittrige Dame, die sich als Gerlinde
vorstellt.
„In den Terminkalender habe ich einen besonderen Wunsch
von Mrs. Mansfield eingetragen, den wir hiermit erfüllen
wollen. Wir wollen ein Gebet für die Toten der Familie
aussprechen: für die zwei Töchter, Tabea und Julie, für die
Eltern von Mrs. Mansfield und die drei Schwestern, die sie vor
kurzem verloren hat."
Wir gehorchen alle automatisch. Die wohlbekannte
Schweigeminute bei Versammlungen und Demonstrationen im
Gedenken an die Opfer von Naturkatastrophen und Attentaten
tritt ein. Respektvoll und konsterniert bleiben wir stehen.
Ich meditiere düster: *„Irgendwann wird die Schweigeminute in
meinem Angedenken sein."*
Ich fixiere meinen Blick auf Alexandras ausdrucksloses
Gesicht. In diesem Moment denkt sie komischerweise nur an
Gerlinde: *„Die Arme müsste bald pensioniert werden. Sie sieht
schon sehr alt aus."*
Und dann, nach dieser kurzen Manifestation der Trauer kommt
es wieder zu einer heftigen, uferlosen und - wie mir scheint -
beinahe hysterisch-obszönen Freude von allen Seiten. Es ist
am Anfang mehr Nervosität als Freude, aber danach doch
Spaß, allgemeines Gelächter, Essen, Trinken und Tanzen,
Gratulationen, gute Wünsche. Auch Alexandra lacht mit, wie
zu Karneval oder Silvester, lässt sich von der allgemeinen
Heiterkeit treiben. Sie hebt ihr Glas und stößt mit jedem an.
*„Vielleicht hat sie ihre Pläne vergessen. Vielleicht war es nur
eine Laune. Ich darf nicht alles so ernst nehmen, was die
Leute denken."*

Aber dann sehe ich, dass sie mit einem Mädchen in blau, das bisher im Hintergrund die Gitarre gespielt und eine Katze gestreichelt hatte, Zeichen des komplizenhaften Einverständnisses austauscht. Alexandra hebt ihr Glas zu ihr hin und flüstert leise: „Wir treffen uns in drei Wochen im Flughafen. Du weißt bereits die genaue Zeit seines Fluges, wann er ankommen soll."

Die andere nickt tüchtig und professionell.

Die Gedanken der beiden rasen schnell wie Feuerwehrautos nach einem dringenden Dienstanruf.

„Keiner ist uns auf die Spur gekommen, keiner verdächtigt uns der Tat. Das Geheimnis bleibt unter uns. Alexandra hat mich für diese ungeheure Tat als Schülerin auserwählt. Ich tappe im Dunkeln. Ich weiß nur, dass eine große Organisation in Übersee dahinter steckt. Wir sind nur winzige Rädchen einer langen, riesigen Kette."

„An dem Sonntag, den 25., in drei Wochen, wird dieser ekelhafte Millionär aus Miami mit seiner ganzen Familie und viele andere Menschen im Flughafen umkommen. Die Bombe wird alle vernichten, alle, wie die in der Disko, noch schlimmer, denn die Explosion wird sich auf dem ganzen Flugplatz verbreiten und sich mit dem Treibstoff der vielen Flugzeuge noch stark vervielfachen."

Sie gibt dem Mädchen ein paar Hinweise, wie eine Geschäftsfrau, die alles rekapituliert: „Du hast die Autoschlüssel? Vergiss unsere Verabredung nicht, meine Kleine."

Sie küssen sich oberflächlich und in Eile. Die Komplizin will schon den Raum verlassen, hält ihr Portemonnaie in der Hand und will zur Garderobe gehen. Die Terroristin sagt zu ihrer Sekretärin mit zerstreuter Nachlässigkeit: „Tragen Sie bitte in meinen Kalender ein: Morgen möchte ich in die Kirche gehen, um für uns alle zu beten. Übermorgen möchte ich ein Gedicht schreiben, über Blumen und Bäume, erinnern Sie mich daran."

Ich höre ihre harmlose und beinahe bescheidene Stimme der Alltäglichkeit. Sie ist trügerisch und es gelingt ihr, mich wieder zu täuschen. In mir regt sich erneut der Wunsch, mit ihr ein sehr intimes Gespräch unter vier Augen zu führen. Vielleicht kann ich sie noch davon überzeugen, das Gegenteil von dem zu tun, was sie vor hat.

Ich gehe unvermittelt und voller Verzweiflung zu ihr und rufe ziemlich laut, unfähig mich länger zu beherrschen: „Alexandra, ich muss Sie sofort sprechen. Es ist sehr dringend."

Sie lehnt hochmütig ab.

„Ich habe keine Zeit. Was wollen Sie eigentlich? Mein Autogramm habe ich Ihnen bereits gegeben, und Sie unterbrechen meine Party... Das ist unverzeihlich."

Trotzdem schleiche ich mich in ihre Nähe und lege meine Hand auf ihre Schulter, indem ich sie fast zwinge, mich wahrzunehmen.

„Bitte, es ist äußerst wichtig. Es geht um Leben und Tod."

Sie wird zornig und verächtlich, sie löst meine Finger von ihrer Schulter mit energischen Bewegungen.

„Ich kenne Sie nicht. Warum sind Sie bloß zu meiner Party eingeladen worden? Warum belästigen Sie mich, gerade wenn ich versuche, ein wenig zu lachen und mich zu zerstreuen?"

Sie riecht stark nach Champagner und ist jetzt unnachgiebig, feindselig. Aber ich kann meine Beute nicht einfach so gehen lassen, genauso wenig wie die Komplizin, die nach einem Toilettengang noch in der Garderobe steht und die ich nicht aus den Augen verliere. Mit feierlichem Ton fange ich meine Aussprache mit Alexandra an: „Noch möchte ich keinen einbeziehen. Wir können es zu zweit regeln, oder zu dritt, mit dem Mädchen. Einmal ich Sie davon überzeugt habe, es nicht zu tun, müsste auch das Mädchen zurückgeholt werden, nicht dass sie nachher im Alleingang handeln würde. Bitte versprechen Sie mir, dass Sie von Ihrem haarsträubenden Vorhaben absehen werden."

„Worüber sprechen Sie überhaupt?"

„Ich werde Ihnen etwas erzählen, was ich noch keinem Menschen in meiner Existenz erzählt habe." Ich flüstere meine nächsten Worte in ihr Ohr mit bebender Stimme: „Hören Sie. Ich kann Gedanken lesen... und ich habe eben Ihre Gedanken und die Ihrer Komplizin gelesen. Ich weiß alles über die Bombe in drei Wochen."

„Gedanken lesen? Sind Sie verrückt geworden?"

Sie beginnt jetzt zu schreien und sucht nach Hilfe von allen Seiten: „Eh, Hilfe! Sie alle, schaffen Sie mir diese Verrückte vom Hals. Sie behauptet, sie könne Gedanken lesen."

Viele, die bisher in Gespräche mit anderen vertieft waren, lassen diese fallen und kommen zu uns, eifrig und erschrocken. Sie umkreisen mich mit bedrohlichen Gebärden.

„Was ist passiert? Haben Sie Mrs. Mansfield etwas getan?"

„Nein, ich wollte nur mit ihr sprechen. Sie ist diejenige, die vor hat, sich mit Blut zu beschmutzen und ein grausames Attentat gegen viele unschuldige Menschen zu verüben. In drei Wochen, am 25., im Flughafen... Ja, der Millionär wird sterben, aber auch so viele andere, die es weiß Gott nicht im geringsten verdient haben. Doch sie sieht ihre Ungerechtigkeit nicht. Sie ist fanatisch wie diese Selbstmördergruppen. Ich habe ihre Gedanken gelesen, und nicht nur einmal, sondern die ganze Zeit. Es kann kein Irrtum mehr sein. Als sie mit dem Amerikaner sprach, dachte sie plötzlich daran, und jetzt hat sie alles mit dem Mädchen in blau vereinbart, denn sie wollen es zusammen machen. Ihre Mittäterin ist noch in der Garderobe, schauen Sie. Halten wir sie schnell fest, bevor sie verschwindet. Sie kann bezeugen, was ich gesagt habe."

Alle Augen sind jetzt auf mich fixiert, nicht nur wie anfangs in einer Gruppe, sondern im ganzen Saal mit über einhundert Menschen. Nie bin ich der Mittelpunkt einer Versammlung gewesen, aber jetzt - zu meinem Unglück - bin ich es.

„Sie ist wirklich verrückt. Sie sagt, sie kann Gedanken lesen... und dass Mrs. Mansfield, unser gutes Geburtstagskind, ein furchtbares Attentat geplant haben soll."

Einer, der sich für einen Arzt ausgibt, will mich unbedingt untersuchen.

„Kommen Sie, Frau... Wir wissen Ihren Namen nicht. Sie erleiden bestimmt einen Nervenzusammenbruch."

Zwei Herren vertreiben den Arzt aber mit einer strengen Geste der Überlegenheit: „Es ist nicht nötig, Herr Doktor. Hier ist die Polizei. Wir sollen Mrs. Mansfield vor dieser Unbekannten schützen. Wir wollen sie vorläufig verhaften, bis alles geklärt ist."

Irrenanstalt oder Gefängnis? Welche von den beiden Alternativen scheint besser? Ich bleibe unentschlossen zwischen den drei Gestalten, die mich mit höllischer Kraft in Richtung Tür schieben wollen. Aber noch kann ich nicht aufhören zu sprechen: „Sie werden es bereuen, wenn Sie sehen, dass das Attentat tatsächlich geschieht, wie ich es vorausgesagt habe. Oder vielleicht werden Sie davon absehen, Mrs. Mansfield? Ich wäre froh, wenn meine Warnung wenigstens dazu gedient hat, das Schreckliche abzuwenden. Warum wollen Sie es mir nicht glauben, dass ich Gedanken lesen kann? Es war immer so, es war mein Stolz und mein Elend... Aber es blieb immer ohne Wirkung. Ich konnte nie etwas Gutes tun und es für die Menschheit nutzen. Jetzt ist der Augenblick gekommen, da ich es wenigstens erzählen kann, damit es endlich eine Wirkung hat. Ich weiß, was Sie alle von mir denken, dass ich verrückt sei. Aber es macht nichts. Untersuchen Sie bloß den Fall. Nehmen Sie auch das Mädchen in blau fest, sie weiß viel von dieser Geschichte."

Aus Neugier wahrscheinlich ruft jemand die junge Frau von der Garderobe zurück. Sie tritt herein mit zugeknöpftem Mantel und beginnt hysterisch zu weinen: „Wer beschuldigt mich? Ich habe nichts Schlechtes getan."

„Aber Sie wollen es tun. Sie haben sich mit Ihrer Chefin verabredet."

„Ich bin nur gekommen, um Mrs. Mansfield zum Geburtstag zu gratulieren."

Halb Gedanken lesend und das Ausgesprochene hörend bewege ich mich Richtung Tür wie hinter einem Schleier zwischen den mich Umgebenden.

Mein früherer Tanzpartner denkt: *„Es ist gut, dass ich nur einen Tanz mit ihr ausprobiert habe. Sie scheint gefährlich."*

Professor Klarens sagt sachlich und unverbindlich: „Aus religiöser Sicht ist es nicht auszuschließen, dass Menschen Gedanken lesen können. Nicht alle Gedankenleser sind verrückt. Doch sind es sehr wenige, die über solche außerordentlichen Fähigkeiten verfügen. Was die andere Geschichte über das Attentat betrifft... Sie sollten unsere gute Mrs. Mansfield um Entschuldigung bitten."

„Ich glaube aber nicht, dass das wieder gutzumachen ist", sagt der Amerikaner vorwurfsvoll. Unsere arme Alexandra ist sehr traurig und verletzt, und das an ihrem sechzigsten Geburtstag, wo sie nur die Anerkennung der ganzen Welt spüren sollte."

Sie sagt nichts mehr, sie bekräftigt bloß seine Worte mit einem ironischen Grinsen. Sie, die Frau der Bombe, schaut unberührt und kalt in meine Augen und denkt: *„Sie hat tatsächlich meine Gedanken gelesen. Ich hätte es nie für möglich gehalten. Vor Überraschung und Panik hätte ich mich fast übergeben. Aber keiner glaubt an sie. Es wird daher keine äußeren Folgen haben."*

Die zwei Polizisten wollen mir Handschellen anlegen, aber ich sage sanft und resigniert: „Nein, ich werde nicht versuchen zu flüchten. Ich komme gerne mit."

Jetzt scheint keiner mehr auf mich zu achten, da ich schon mitgeschleppt werde. Alle sind mit Alexandra beschäftigt und wünschen ihr erneut mit gekünstelter Freude alles Gute.

Die Nichte des Amerikaners sagt mit einem Seufzer: „Vergessen Sie die Verrückte. Sie hat bestimmt einen Streit mit ihrem Mann oder mit ihrer Mutter gehabt und den Verstand verloren."

Die Sekretärin sagt: „Denken Sie an die Gründung Ihrer Stiftung für junge Künstler. Wir müssen bald die Versteigerung Ihres Schmucks eröffnen. Denken Sie daran, wir haben extra eine Rede dafür vorbereitet."

Aber jetzt kann ich die Rede nicht mehr hören, denn ich befinde mich schon im Polizeiauto. Einer der Männer schaut mich an, lacht trocken und sagt: „Warum kommen Sie gerne mit? Sie wollen uns warnen, nicht wahr?"

„Ja. Ist die Polizei nicht die beste Stelle, um Alarm zu schlagen? Hoffentlich glauben Sie mir und können das Attentat rechtzeitig vermeiden!"

„Es gibt keine Nachweise für Ihren Verdacht. Gedankenlesen ist kein Nachweis."

„Ja, ich bin sehr dumm gewesen, ich hätte es nicht so sagen dürfen, und ich bereue schon meine Fehlstrategie. Hätte ich Ihnen bloß gesagt, dass ich gewissen Gesprächen gelauscht habe! Dann hätten Sie mir vielleicht geglaubt. Ich hätte auch schweigen sollen und dann kurz vor dem 25. hätte ich Ihnen telefonisch eine anonyme Warnung über das Attentat geben können. Dann hätten Sie es wenigstens überprüft. Aber bitte tun Sie es jetzt, obwohl Sie mir nicht glauben. Sie wissen den Tag, den Ort und die genaue Zeit. Machen Sie Ihre Augen besonders auf, erinnern Sie sich an meine Warnung und verschärfen Sie die Sicherheitsmassnahmen im Flughafen. Es geht um ein riesiges Unternehmen von ungeheuren Dimensionen. Sie können nicht so passiv bleiben und nichts überprüfen, wenn jemand Sie schon gewarnt hat."

„Das fehlte noch bei der vielen Arbeit, die wir haben! Sollen wir uns um die Gespenster jedes kranken Gehirns kümmern?"

Der andere Polizist denkt: *„Ich habe diese Frau, die Malerin, immer verdächtigt. Sie hat zu viel Geld und zu viel Macht. Es mag sein, dass sie eine Spionin ist und entweder für China oder Ägypten arbeitet. Aber ich kann nichts tun, keiner würde es mir glauben."*

„Oh doch, Sie können etwas tun!", schreie ich außer mir. „Wenn Sie sie verdächtigen, warum lassen Sie sie freilaufen? Bitte, sonst machen Sie sich für das Attentat mitverantwortlich."

Er scheint schockiert, unangenehm überrascht, dass ich seine Gedanken erraten habe.

„Sie sind wie eine Hexe. Im Mittelalter wären Sie verbrannt worden. Jetzt werden Sie bloß zu einer Geldstrafe wegen Hausfriedensbruchs und öffentlichen Skandals verurteilt. Wo ist Ihr Ausweis? Ich mag es nicht, wenn Frauen meine Gedanken lesen wollen."

„Ich bin dumm", wiederhole ich zu mir selbst. *„Ich hätte doch meine Fähigkeiten und - wenn möglich - mein Geschlecht verstecken sollen. Jetzt kommt noch diese Geschichte, diese alte Rivalität zwischen Mann und Frau, an die ich gar nicht mehr gedacht hatte... Der Mann fühlt sich überlistet, irritiert und kann meine Überlegenheit nicht ertragen."*

„Ich bin diejenige, die zu schwach ist, um etwas tun zu können", sage ich reumütig wie in einer Litanei. „Ich hätte doch weiterhin schweigen sollen, wie bisher. Ich war schon klug, dass ich mein Geheimnis nie preisgab. Jetzt habe ich die ganze Welt gegen mich."

„Wer weiß, vielleicht bekommen Sie noch ein Angebot für irgendeine Supermacht im Geheimdienst zu arbeiten. Jemand mit Ihren Fähigkeiten darf nicht unterschätzt werden."

Und genauso abrupt und unvorbereitet wie diese Geschichte mit der 60-jährigen Alexandra angefangen hat, geht sie mit den Polizisten zu Ende. Ich bin sehr müde und schlafe in ihrem Auto ein. Ich kann nichts für die Menschheit tun.

Aber jetzt überschlage ich meine hypothetischen Vorstellungen und meine Erinnerungen an Vergangenes. Ich muss mich auf die Gegenwart konzentrieren. Ich verlasse das Büro und gehe nach Hause, zuerst gehe ich zu Fuß, dann mit der Straßenbahn und dann wieder zu Fuß, insgesamt ungefähr eine halbe Stunde. Auf der Straße treffe ich einige Passanten, aber nicht viele, und ich lese ihre Gedanken mit Ruhe und Gelassenheit, ohne Stauungen, ohne die Panik, die mich manchmal in überfüllten Räumen ergreift. Hier, bei den wenigen Menschen, die mir über den Weg laufen, kann ich mir wenigstens etwas Zeit nehmen und linear, mit einer gewissen Interpunktion und Ordnung, wie bei den bisherigen Gesprächen, kurze, aber noch deutliche Schritte ihrer Überlegungen verfolgen. Ich bin nicht unter Stress und genieße fast diesen flüchtigen Einblick in das Leben eines Fremden, ein Leben, das sich mir in noch verständlichen Worten offenbart.

Ich sehe eine Frau mit zwei Kindern auf meiner rechten Seite. Sie laufen eilig zur U-Bahn. Die Frau achtet nicht auf mich. Sie ist zu verzweifelt. Sie denkt mit bitterer Miene, kaum dazu fähig, ihre Erinnerungen, Fantasien oder Vorsätze richtig zu ordnen: *„Heinrich hat mich wieder geschlagen, zum zweiten Mal. Es hat mir mehr weh getan als das erste Mal. Werde ich das weiter tolerieren? Oder muss ich von ihm weg? Ich hätte es nie für möglich gehalten, in so einem Schicksal zu landen. Die Kinder sind auch nicht weniger aggressiv als der Vater. Die kleine Gimena drückt meine Hand so stark, dass es mir weh tut, und alles, weil sie in einen Laden hinein will, wo sie*

Spielzeuge gesehen hat. Spiele... Wie kann ich jetzt an ,Spiele' denken? Wie absurd unterschiedlich sind wir, die Erwachsenen und die Kinder! Und wir müssen uns beeilen, sonst verpassen wir die Bahn und den Arzttermin."

Ein Mann um die 50 schleppt sich sehr langsam und bedächtig im Vergleich zu ihr, als hätte er Blasen an den Füßen. Er denkt die Fortsetzung seines Gedankens, dessen Anfang ich nicht mitkriegen konnte: *„Das hat nichts damit zu tun. Sie will bloß der Wahrheit nicht ins Auge sehen, sie will sich lieber selbst belügen. Ich glaube, sie hat mehr Geld, als sie mir gestanden hat. Eines Tages wird sie mich verlassen und zu ihren Söhnen gehen, die sie gänzlich ausbeuten werden."*

Alles unbekannte Menschen. Ihre Gedanken gehen mich gar nichts an, aber sie zerstreuen mich doch ein wenig; es ist wie einen Film zu sehen, aus unerwarteten, verblüffenden Sequenzen.

Ein schönes Mädchen um die 17 oder 18 geht mit ihrem Hund spazieren.

„Gestern hat er mir endlich gesagt, dass er mich liebt. Er sagte das sehr deutlich und mit Tränen in den Augen. Aber wie kann ich mir sicher sein? Seine Frau ist schwanger; sobald das Kind kommt, wird er mich vergessen."

Zwei junge Frauen, die einander sehr ähnlich aussehen, vielleicht sind sie Schwestern oder Cousinen ... Die eine hält ein Buch in der Hand, die andere einen Beutel mit Lebensmitteln.

„Warum meint sie, dass die griechischen Oliven ihm gut schmecken werden? Ich finde sie zu salzig; die machen einen nur durstig."

„Beim Aufstehen habe ich mir am Ellbogen weh getan. Ich bin sehr dumm, tollpatschig, unachtsam, so haben die Lehrer immer gesagt."

„Griechenland wäre schon interessant, auch wenn ich die Oliven nicht mag."

„In der Nacht hatte ich einen Albtraum, von Ratten und Kloaken, deshalb habe ich mich so brüsk auf den Ellbogen gestützt und versucht aufzustehen. Vielleicht sollte ich in die Apotheke gehen und mir etwas holen."

„Das nächste Mal, wenn er kommt, werde ich wieder für ihn kochen. Doch war das letzte Mal keine glänzende Leistung von mir, ich muss es zugeben, alles abgebrannt... Dieses Buch hätte ich vielleicht nicht kaufen sollen, ich bereue es schon. Es ist teuer, und vielleicht lohnt es sich gar nicht, es zu lesen."

Alles ist noch greifbar, geordnet und nachvollziehbar, auch wenn ich die Menschen nicht kenne.

Ganz anders wird es bei so einer riesigen Konzentration von Menschen wie in der Straßenbahn. Mir graut schon davor, weil ich die Situation tagtäglich erlebe. Dann empfange ich nur Splitter, Hälften, halbverbrannte Leichen von Gedanken von allen Seiten. Ich lese einen neuen, unverbundenen Gedanken von einem, für mich kaum verständlich ohne den Kontext, und dann muss ich schon in den nächsten übergehen. Daran sterbe ich natürlich nicht; ich bin daran gewöhnt. Aber manchmal bin ich überwältigt von der Fülle, und mein Kopf summt, pfeift, quietscht, produziert selbst und hört gleichzeitig einen unendlichen Chor von Lauten, als würde ich an einem Tinnitus leiden. In der Straßenbahn, wie üblich, behalte ich den Überblick nicht mehr. Der Zusammenhang geht mir verloren; es sind lose Bilder ohne Kontinuität. Vielseitige Gedanken warten in langen Schlangen von Gehirnen, die in Konkurrenz zueinander stehen und die sich gegenseitig unterbrechen:

„Als er mir das Frühstück ans Bett brachte, da..."
„Sie geht mir auf die Nerven."
„Ich habe einen Zwiebelgeschmack im Mund, muss wieder die Zähne..."
„...Versicherung zahlt nichts, wenn jemand in unsere Wohnung einbricht."
„Keine Verhütung gestern, hoffentlich ist es nicht passiert."
„Ich habe keine Zeit, mich von ihr zu verabschieden."
„Die Untersuchung beim Arzt..."
„Er nennt mich ‚Täubchen'..."
„Sie hat sich verrechnet, hat mir zu wenig Geld zurückgegeben."

„Unter der Vase, da war ein wichtiges Dokument.“

„Warum wollen sie nicht zu uns kommen? Aber mir ist gleichgültig, was sie tun.“

„Es stank nach Öl.“

„Der Tierarzt hat gesagt, dass die Katze…“

„Ich habe einen ganz schönen Sonnenbrand vom Urlaub.“

„9 und 9 macht…“

„Es ist kein Verlass auf ihn; ich warte schon seit…“

„Sie war sehr schön in ihrer Jugend, aber jetzt…“

„Es ist äußerst schwer, den Rechtsanwalt zu wechseln. Ich mache es trotzdem.“

„Ich habe meinen Autoschlüssel ver…“

„Ich weiß nicht, wie ich das Formular ausfüllen soll: Aus Krankheitsgründen, aus gesundheitlichen Gründen…“

„Der Termin war um neun, nicht um zehn.“

„Die schöne Feier habe ich versäumt; die Familie ist immer schuld daran.“

„Den Namen hätte ich mir aufschreiben sollen, so etwas wie Flasche oder Flagge.“

„Ich habe Lust zu tanzen. Frühlingsanfang.“

„Verräter! Wer hat allen erzählt, dass ich Rauschgift nehme?“

„Ein schönes Lied. Ich will mir die neue CD kaufen.“

„Sie lügt wieder; sie verspricht, was sie nicht halten kann.“

„Ich muss zum Optiker wegen der Brille.“

„Verflucht! Ich komme zu spät zur Versammlung.“

„Kalt, kalt... Das Hotel war nichts, keine Heizung. Hier in der Bahn ist es wenigstens warm.“

„Was hat sie gesagt, ich solle noch das und das... nachschlagen? Ich habe keine Ruhe bis ich die Klausur...““

„Dieser blöde Mann soll wegfahren. Der stört mich immer mit seinen…“

„Völlig verrückt! Sie weiß gar nicht, was sie…“

„Ein Bier, ein Bier. Ich habe Durst.“

„Mir ist die Datei verloren gegangen, habe sie versehentlich überschrieben, und jetzt muss ich sie neu schreiben. Es gibt Programme zur Wiederherstellung von…“

„Diesmal will ich sie einladen. Sie hat schon dreimal hintereinander für unser Essen bezahlt. Heute hole ich unbedingt Theaterkarten für uns."

„Mein Vater mit dieser hässlichen, arroganten Frau... Das ist die Urszene. Ich habe als Kind fast alles gesehen."

„Zu Hause bin ich immer für die Toilettenrollen zuständig, die alte, leere mit einer neuen zu tauschen und in den Aufhänger einzustecken. Keiner in der Familie sonst kümmert sich darum. Warum eigentlich überlassen sie es mir?"

Ach, so einen ähnlichen Gedanken habe ich oft auch. Wie viele Toilettenrollen habe ich schon in meinem Leben angefangen! Dünnes Papier, dickes Papier... Und immer bin ich für diese Aufgabe zuständig. Javier scheint kaum die Toilette zu benutzen, obwohl ich immer die alten und fast aufgebrauchten Rollen vorfinde, die ich wegschmeißen muss. Als ich noch zu Hause lebte, war es mein Vater, der meistens die Rollen beendete und dann neue begann. Das ist eine der am häufigsten wiederholten Handlungen in meinem Leben, wie das alltägliche Einschlafen und dann morgens wieder wach werden.

„Ich kann das Gerede der zwei älteren Damen über ihre Enkelkinder nicht mehr ausstehen., und ich muss weg... Ich hinterlasse ihnen das Kind und verschwinde."

„Seitdem ich nicht mehr rauche, werde ich zu dick."

Ich, ich, ich... das am häufigsten gebrauchte Wort in der Sprache der Gedanken. Es ist ja klar, jeder denkt an sich selbst.

„Und ich lag einen ganzen Monat im Koma. Das ist keine Kleinigkeit, keiner kann sich vorstellen, wie mein Zustand, halb im Unbewussten und doch noch lebend, war."

„Die Glühbirnen habe ich vergessen."

„Die U-Bahn funktionierte nicht. Ich musste in eine andere umsteigen; ich kam zu spät."

„Keine Seife... Zu viele Menschen... Auch meine Hände stinken nach Schweiß."

„Morgen den Wecker für 1.00 Uhr in der Nacht stellen und ein Taxi für 3.00 Uhr bestellen."

„Sie liebt mich nicht mehr; aus heiterem Himmel."

„Warum bin ich mit dieser Behinderung auf die Welt gekommen? Verdammt!"

„Ich blute, ohne dass die anderen es sehen. Diese Periode macht mir immer große Probleme."

„Ich erzähle gerne Lügen. Ich habe erzählt, dass ich drei Jahre in England gelebt habe. Wer sollte das überprüfen?"

„Zu viel Stress. Ich brauche Urlaub."

„Dieses Mädchen heißt so wie ich. Unser Name und Vorname sind sehr häufig in
Spanien, Conchita Pérez, so wie ich."

„Ich muss zum Arzt."

„Wo sind meine Pantoffeln?"

„Die schöne Glasfigur ist kaputt gegangen."

„Schwein! Er wollte mich vergewalti…"

„Ich habe aus Mitleid den Staubsauger gekauft."

„Warum eine neue Küche, wenn die alte noch…"

„Das Handtuch war nicht sauber."

„Die Tsunamikatastrophe … Mir stehen die Haare zu Berge."

„Sie hat eine gute Stelle, und ich bin immer die Arme."

„Warum lernt er gerade jetzt Arabisch?"

„Es wäre gar nicht so schlecht in ihrem Alter: Ein Vogel würde sie wunderbar zerstreuen."

„Keine Kerze mehr, die letzte für die Novena aufgebraucht."

„Ich lese gerne Tchehov."

„Ein obdachloser Bettler in der Bahn, wie ich auch bald…"

Die Staccato-Gedanken von allen Seiten ersticken mich langsam. Ich bekomme keine Luft, und mein Kiefer schmerzt. Es sind wandernde Schmerzen in meinem Körper. Manchmal ist es der Kiefer, manchmal der Nacken, der Rücken, sogar die Lippen und die Wangen. Mein Gesicht oder mein Handgelenk schmerzen, wenn zu viele Gedanken auf mich zukommen. Keiner kann mir eine Beruhigungsspritze gegen die Gedanken der anderen geben. Beim Aussteigen erreichen mich noch kurze Splitter von Sätzen, die ich kaum deuten kann:

„Ich will…"

„Ich hoffe…"

„Wo ist…"

„Wie mache ich..."

Ich bin froh und dankbar, dass noch keiner der schlimmsten Gedanken der Menschheit sich mit seinen Krallen in mich hineingebissen hat. Doch, Alexandras Gedanken an Rache, Bomben und Weltuntergang verletzten mich. Es war in jener hypothetischen Geschichte, die nicht stattgefunden hat, aber die ohne Weiteres hätte stattfinden können.

Und einmal geschah es tatsächlich, in einem sehr flüchtigen Rahmen:
Als ich in einem Bus saß, musste ich einen dieser unbeschreiblich höllischen und furchtbaren Gedanken erfahren, und zwar die geheime Gestaltung eines Verbrechens oder zumindest einen Schatten davon.
Die Trägerin war eine junge Frau, die von zwei schweigsamen, reservierten Herren begleitet war. Harmlos bot sie ihnen Kaugummis an und dachte plötzlich: *„Die alte Hexe intrigiert wieder gegen mich. Ich werde sie heute nach dem Abendessen töten."*
Ich weiß, dass ich ruckartig aufstand, mich von ihr entfernte und den Bus an der nächsten Haltestelle verließ. Ich wollte von alledem nichts wissen, was sie vorbereitet hatte. Aber seitdem habe ich Gewissensbisse und versuche, diese mit Alexandras hypothetischer Geschichte zu beruhigen. Ich handle richtig, ich kann sowieso Terroristen und Amokläufer nicht davon abhalten, ihre Bomben oder Pistolen zu benutzen. Aber eine andere Stimme verurteilt mich. Vielleicht ist es mein großes Versäumnis. Aus irgendwelchen Gründen bekam ich diese Gabe des Gedankenlesens: Ich hätte womöglich viele Verbrechen verhindern können, hätte bei der Polizei arbeiten sollen oder als Psychologin, um den Menschen zu helfen, sobald ich merke, dass sich böse, hässliche Gedanken in sie einschleichen. Ich hätte meine ganze Kraft darauf verwenden sollen, wirksame, überzeugende Worte gegen das Verbrechen zu finden, damit es überhaupt nicht zustande kommt, oder... wären die Psychopaten nicht mehr zu bremsen gewesen, dann hätte ich wenigstens die anderen alarmieren sollen, um uns alle in Sicherheit zu bringen. Aber stattdessen bin ich

geflüchtet ... Ich bin so bequem, dass ich nichts für die Menschen riskiert habe. Ich gehe einfach nach Hause, werde mit Javier über seine Tochter sprechen und manchmal als eine höchste Leistung meiner Sensibilität werde ich über mein Exil im Büro nachdenken.

Und wenn meine letzte Stunde schlägt, werde ich vielleicht einem unbekannten Krankenpfleger (meinem Beichtvater nicht, denn er dachte immer an etwas anderes) mein Geheimnis anvertrauen:

„Hören Sie bitte meine große Sünde... Ich habe immer Gedanken lesen können. Gott hat sich wahrscheinlich vertan, indem er mir so etwas verschenkte. Ich habe damit nichts erreicht, keinen Menschen gerettet, nicht einmal mich selbst."

Zu der Autorin

Pilar Baumeister, 1948 in Barcelona, Spanien, geboren, lebt seit 1975 in Deutschland. Sie studierte deutsche, englische und russische Philologie. Seit 2006 leitet sie ein NRW-weites Projekt, Lesungen von AutorInnen mit Migrationshintergrund in deutscher Sprache.

www.pbaumeister-andreo.de

Veröffentlichungen (Auswahl):

"Bis morgen - Geschichten über Wiederholungsrituale", Norderstedt, 2015

„Me escondí, pero gritaba para que me oyesen - Poemas de Minerva y otras voces" (auf Spanisch), Norderstedt, 2015

„A pesar de Franco... Los mejores momentos" (auf Spanisch), Norderstedt, 2015

„Exotische Geschichten: Wo komme ich her?", Norderstedt, 2014

„Das Schiff Pardis für alle, auch für die Blinden", Bonn, 2011

„Wir schreiben Freitod", Schriftstellersuizide in vier Jahrhunderten, Frankfurt am Main, 2010

„Lyrikbrücken, Zehn blinde Dichter aus zehn Ländern Europas", Berlin, 2009

„Zwei Länder, die sich lieben", Geschichten aus Spanien und Deutschland, Bonn, 2006

„Die Erfindung des Erlebten", Essen, 2000